CB037239

Belas Letras.

MÚSICA CULTURA POP ESTILO DE VIDA **COMIDA**
CRIATIVIDADE & IMPACTO SOCIAL

Título original: *The Elven Cookbook – A Recipe Book Inspired by the Elves of Tolkien*
Publicado originalmente em inglês na Grã-Bretanha, em 2022, por Pyramid, um selo da Octopus Publishing Group Ltd.

Este livro é o resultado de um trabalho feito com muito amor, diversão e gente finice pelas seguintes pessoas:

Gustavo Guertler (*publisher*), Luís Henrique Fonseca (tradução), Tatiana Vieira Allegro (edição), Julia Sousa (preparação), Marina Saraiva (revisão) e Celso Orlandin Jr. (adaptação de capa e de projeto gráfico e diagramação).
Obrigado, amigos.

2022
Todos os direitos desta edição reservados à
Editora Belas Letras Ltda.
Rua Antônio Corsetti, 221 – Bairro Cinquentenário
CEP 95012-080 – Caxias do Sul – RS
www.belasletras.com.br

Dados Internacionais de Catalogação na Fonte (CIP)
Biblioteca Pública Municipal Dr. Demetrio Niederauer
Caxias do Sul, RS

A549l Anderson, Robert Tuesley
Receitas dos elfos: inspiradas no mundo de Tolkien / Robert Tuesley Anderson; tradutor: Luís Henrique Fonseca; ilustrador: Victor Ambrus. - Caxias do Sul, RS: Belas Letras, 2022.
160 p.: il.

Título original: The Elven Cookbook: A Recipe Book Inspired by the Elves of Tolkien
ISBN: 978-65-5537-246-5
978-65-5537-247-2

1. Receitas culinárias. 2. Tolkien, J. R. R. (John Ronald Reuel), 1892-1973. I. Fonseca, Luís Henrique. II. Ambrus, Victor. III. Título.

22/46 CDU 641.55

Catalogação elaborada por Vanessa Pinent, CRB-10/1297

Receitas dos elfos

Inspiradas no mundo de Tolkien

Robert Tuesley Anderson

Belas Letras

Sumário

Banquetes e festas 102

Bolos e sobremesas 122

Bebidas 146

Índice remissivo 158

Introdução

Sabemos muito menos das tradições e dos costumes alimentares dos elfos ou de suas refeições do que sabemos dos hobbits ou dos humanos nas obras de Tolkien – em todos os encontros que temos com esse povo imortal e exótico, certamente não há nada igual ao relato detalhado da festa "inesperada" que ocorre no início de *O Hobbit*. Não sabemos quantas refeições os elfos fazem por dia – embora possamos imaginar que certamente sejam menos que as cinco refeições almejadas pelos hobbits, apaixonados por comida –, nem quais são seus ingredientes ou pratos favoritos. Em geral, Tolkien mantém os olhos curiosos de seus leitores longe da vida doméstica dos elfos, realçando a diferença entre estes e os povos mais "terrenos" da Terra-média. Os elfos podem fazer parte do mundo, mas de certa maneira vivem em outra atmosfera.

O que sabemos ao certo é que os elfos comem e bebem e parecem gostar disso. Podem ser imortais, mas ainda sentem fome, como nos é revelado em *O Silmarillion* durante a caminhada épica dos exilados pelo Helcaraxë. Também gostam de se banquetear e se divertir – há referências constantes a banquetes de boas-vindas e a comemorações nos contos de Beleriand –, e lendo *O Hobbit* também descobrimos que o rei dos elfos da Floresta das Trevas (Thranduil) tem uma preferência clara por um bom vinho tinto, importado em incontáveis barris que vêm do leste. Thranduil parece ser tão ganancioso quanto qualquer anão ou hobbit, e este exemplo, assim como o de vários outros elfos, sugere que eles possam não ser tão etéreos e sem apetite quanto parecem inicialmente. O vislumbre tentador – ou será que devemos dizer aroma tentador? – dos bolinhos de carne e dos pãezinhos assando que Bilbo tem quando chega a Valfenda pela primeira vez durante a Missão de Erebor claramente sugere uma imagem mais complexa da culinária élfica do que as bebidas frescas, as frutas e os vegetais apanhados na natureza, além dos pães de viagem que parecem predominar em outras descrições. Os elfos certamente não são (ou pelo menos não são sempre) ascetas veganos.

Tanto em *O Senhor dos Anéis* quanto em *O Hobbit*, temos a sensação frequente de que estamos nos sentando para comer com os aventureiros – nos esbaldando com uma tigela de cogumelos amanteigados na mesa do fazendeiro Magote, cortando uma torta de amoras bem cheirosa na estalagem Pônei Saltitante em Bri ou então passando colheradas de creme e mel no pão, na casa de Tom Bombadil. Recebemos os companheiros de refeição de Frodo, Sam, Merry e Pippin enquanto acessamos nossas próprias memórias culinárias para ampliar nosso aproveitamento, nossa degustação, da narração impecável de Tolkien. Este não é o caso dos elfos – é difícil imaginar dividir um prato de coelho ensopado com a senhora Galadriel –, então um dos objetivos principais deste conjunto de receitas é preencher essa lacuna, para que também possamos comer e nos divertir com os elfos.

Os eldar – para chamarmos os elfos pelo seu nome verdadeiro – não são um povo nada monolítico. Em suas características, idiomas e culturas, são na verdade mais variados que os homens (veja o diagrama na página 9). Tolkien dedicou volumes inteiros a imaginar e desenvolver os povos élficos e suas histórias – as quais se estendem até o passado mais distante – e também criou uma gama vasta de paisagens onde viviam – florestas, montanhas, vales, costa marítima –, além da flora e da fauna que proliferavam ao seu redor. Precisamos atentar justamente para essas minúcias se quisermos mais pistas sobre o que os elfos comiam e bebiam.

Por exemplo, entre todos os tipos de elfos de Tolkien, o grupo conhecido como os teleri são os mais associados ao mar e à navegação. A evolução dos vários povos élficos, como relatado em *O Silmarillion*, é extremamente complexa: os teleri originalmente foram a terceira e mais numerosa das casas dos eldar (Primogênitos) que despertaram no extremo oriente da Terra-média e foram liderados por dois irmãos, Elwë e Olwë. Tolkien nos conta que, mesmo nos dias mais primários desse povo, eles começaram a construir jangadas, depois barcos e finalmente navios para navegar pelo grande mar interior de Rhûn. Podemos, então, imaginar que, mesmo durante essa "pré-história", eles já adoravam cozinhar os peixes que viviam nesse enorme lago e nos rios que fluíam para dentro dele. Em seguida, Tolkien mostra como o amor dos teleri pelas águas da Terra-média só aumenta quando chegam ao litoral de Beleriand, onde também

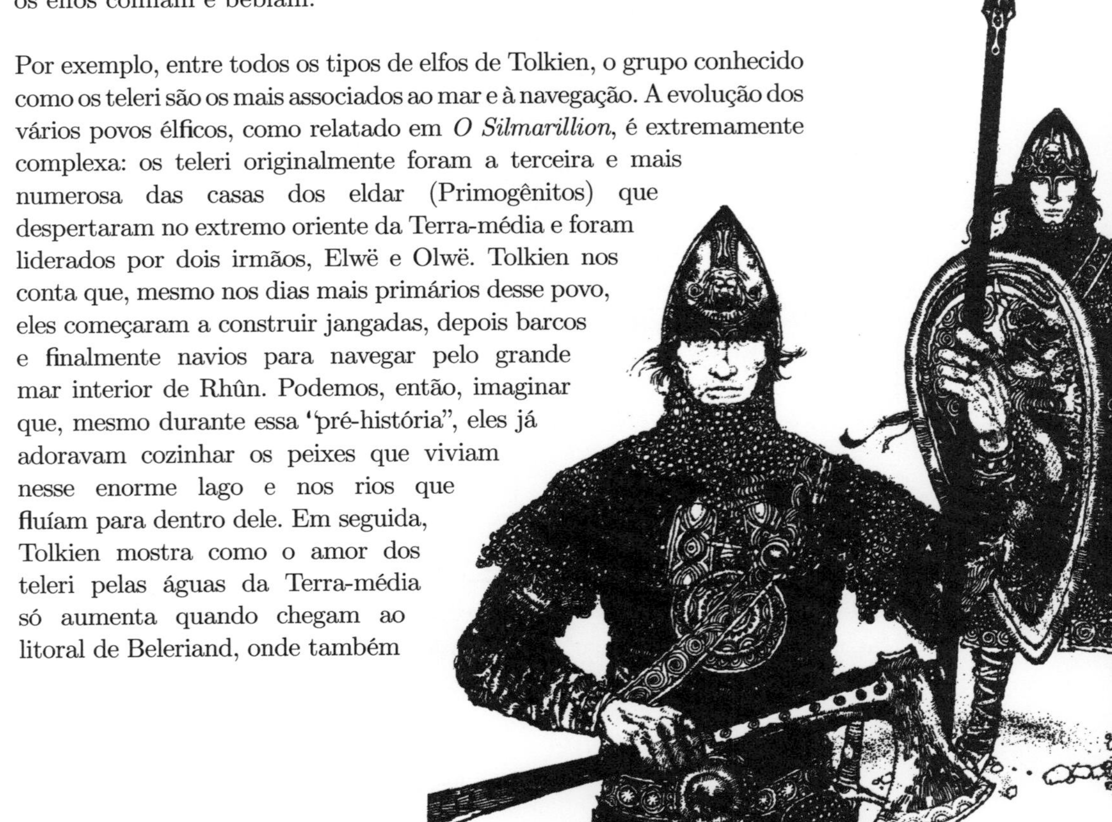

encontram a proteção do Maia Ossë, um espírito dos mares. O Vala Ulmo – uma espécie de Poseidon ou Netuno de Tolkien – chega para levar os teleri ao outro lado do oceano, até Valinor, puxando uma ilha até a praia para servir de balsa e depois ancorando essa ilha-balsa longe no mar. Nessa ilha, Tol Eressëa, os teleri – agora conhecidos como elfos do mar – vivem por muitos anos, até que, com a ajuda de Ossë, constroem navios e migram para Aman, no oeste, assentando-se no litoral de lá, perto de seu mar adorado. Os teleri devem ter sido exímios pescadores e construtores de barcos, embora Tolkien não nos dê esses detalhes. Podemos facilmente imaginar os navios-cisne dos teleri trazendo grandes quantidade de peixes, lagostas e outros frutos do mar para a cidade portuária de Alqualondë, a fim de alimentar a população sempre crescente. Ou também a coleta de algas, mexilhões e outros produtos das praias e das enseadas, conforme buscavam trazer ainda mais variedade e ingredientes interessantes para sua alimentação pescetariana.

Assim, embora este livro seja organizado de forma similar a tantos outros livros de receitas – com capítulos para café da manhã, refeições leves, pratos principais, sobremesas e bebidas, além de um capítulo extra sobre banquetes –, faremos referências constantes aos tipos de elfo e suas características. Então, por exemplo, com relação aos teleri, que gostam do mar, você encontrará vários pratos que usam peixes e frutos do mar, enquanto para os sindarin, da floresta, temos vários outros focados em carnes de caça, castanhas e frutas silvestres.

Povo a povo, paisagem por paisagem, este livro tenta criar um retrato imaginário do que seria a culinária élfica. Esqueça o Pônei Saltitante ou as tavernas de Minas Tirith – a melhor comida que você pode encontrar na Terra-média está nos salões dos elfos. Coma, beba e seja feliz!

Genealogia das raças dos elfos

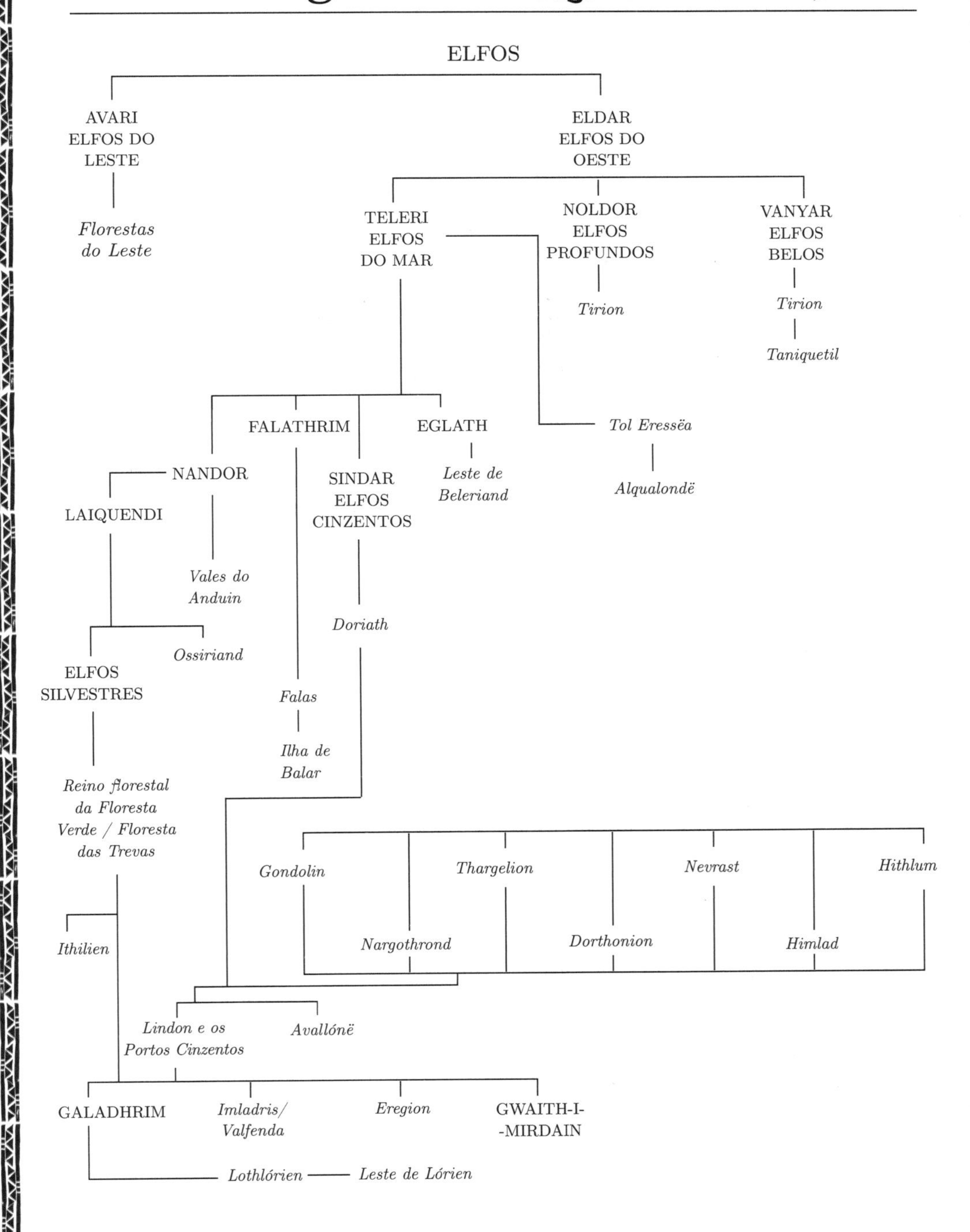

Café da manhã

Independentemente de o café da manhã ser ou não a refeição nutricionalmente mais importante do dia, com certeza é uma das mais significativas do ponto de vista emocional. Depois do café da manhã vem a despedida e o começo de uma jornada (mesmo que seja o mero trajeto até o escritório), e o doce lar e os entes queridos precisam, mesmo que temporariamente, ser deixados para trás.

É um cenário bastante frequente em *O Senhor dos Anéis* – entre seus temas mais presentes estão a doce tristeza da partida e a saudade de casa que vem a seguir. Não restam dúvidas de que a própria partida de Tolkien para a Frente Ocidental da Primeira Guerra Mundial em 1916, deixando sua esposa Edith, tem alguma relação com isso. Os livros são salpicados de momentos de torcer o coração focados nesse tema – Frodo partindo relutantemente do Condado; os hobbits saindo da casa de Tom Bombadil; a Comitiva do Anel despedindo-se pesarosamente de Valfenda e a sua partida seguinte, ainda mais pesarosa, do reino élfico de Lothlórien –, mas mesmo assim o café da manhã nunca é completamente esquecido. Afinal, jornadas longas ou difíceis precisam de um estômago bem alimentado.

Então imagine-se sob o beiral da Floresta Dourada, tendo diante de si uma longa jornada pelo Grande Rio: o que você escolheria para seu café da manhã de despedida aos elfos e à beleza e segurança de seu reino?

Cogumelos de Neldoreth

Bosques e florestas sempre tiveram um papel importante na imaginação de Tolkien. Os bosques de faias de Neldoreth em Beleriand – o lar dos elfos na Primeira Era – servem de protótipo para os bosques encantados que encontramos tanto em *O Hobbit* (Floresta das Trevas) quanto em *O Senhor dos Anéis* (Lothlórien).

Contudo, a maior conexão de Neldoreth é com Lúthien, a mais bela entre os elfos e uma encarnação poética da esposa de Tolkien, Edith, com quem o autor vivenciou muitos passeios em bosques. A história de amor entre a elfa Lúthien e o mortal Beren atormentou Tolkien durante sua vida – uma história que, pode-se dizer, começa em Neldoreth, quando Beren avista Lúthien pela primeira vez, dançando entre as faias no luar.

Bosques de faias no outono são lugares perfeitos para buscar cogumelos, como qualquer especialista saberia, e este prato simples é perfeito para um café da manhã – e não só para os apaixonados.

Os pães de batata tradicionais da Irlanda, conhecidos como farls, *são perfeitos para absorver os sucos deliciosos do cozimento dos cogumelos e o aroma do alho desta receita. Você também pode substituir por fatias grossas de pão integral tostado.*

Para 2 pessoas
Pré-preparo + cozimento 30 minutos

1 colher (sopa) de azeite
25 g de manteiga sem sal
2 chalotas bem picadas
250 g de cogumelos variados, como portobello e paris, aparados e fatiados
2 dentes de alho picados
1 colher (sopa) de suco de limão--siciliano
2 colheres (sopa) de salsinha picada
2 ovos grandes
4 pães de batata tostados (tipo *farl* irlandês)
sal e pimenta
1 colher (sopa) de cebolinha francesa picada para decorar

1. Aqueça o azeite com a manteiga em uma frigideira em fogo alto. Abaixe o fogo ligeiramente, coloque as chalotas e os cogumelos e refogue por 6 minutos, mexendo de vez em quando até dourar os cogumelos. Junte o alho e cozinhe, sempre mexendo, por 1 minuto.

2. Acrescente o suco de limão-siciliano à mistura de cogumelos e tempere com sal e pimenta.

3. Tire a frigideira do fogo e junte a salsinha. Tampe para manter aquecido enquanto prepara os ovos.

4. Encha outra frigideira com água até a metade e leve à fervura branda. Quebre os ovos dentro da água e cozinhe por 3 minutos. Coloque 2 pães de batata em cada prato e cubra-os com a mistura de cogumelos e depois com o ovo. Salpique com a cebolinha e sirva imediatamente.

Tomates de Tirion

Tolkien é conhecido por ter banido a existência de tomates na Terra-média. Na primeira edição de *O Hobbit* (1927), durante a "festa inesperada" que inicia o conto, Gandalf ordena que o pobre e atormentado Bilbo busque frango e tomates na despensa. Entretanto, na terceira edição (1966), os "tomates" já haviam sido substituídos por "picles", uma vez que o fruto agora era considerado um anacronismo na concepção de Tolkien da Terra-média, que representa o Velho Mundo em um momento histórico muitos milênios antes do nosso.

Deixando de lado essa questão delicada, podemos ser tolerantes e imaginar que Gandalf, na versão original, estivesse se lembrando de sua vida anterior como Olórin em Aman, o Reino Abençoado – um continente similar à América no oeste longínquo da Terra-média, onde tanto os olvar (plantas) quanto os kelvar (animais) são diferentes dos encontrados do outro lado do Grande Mar. Sem dúvida, os tomates – tomatl ("fruta inchada") para os astecas – estavam entre os olvar de Aman e eram um prato popular entre os eldar (os altos elfos) que lá viviam. Dessa forma, fizemos esta receita de tomates recheados em homenagem a Tirion, a cidade branca de Eldamar, a "Casadelfos" em Aman.

Estes tomates recheados com ervas frescas e queijo macio são uma ótima opção para um brunch, servidos com torradas e manteiga – experimente o pão integral da Yavanna na página 29. Eles aguentam bem, então não se incomodarão se você se esquecer deles no forno por um tempinho.

Para 4 pessoas

Pré-preparo + cozimento 30 minutos

250 g de ricota ou cream cheese
2 cebolinhas bem picadas
4 colheres (sopa) de ervas mistas picadas, como cerefólio, cebolinha francesa, salsinha, manjericão, manjerona e estragão
raspas finas da casca de 1 limão-siciliano
1 colher (sopa) de suco de limão-siciliano
4 tomates grandes (tipo caqui ou coração-de-boi)
sal e pimenta

1. Para o recheio de queijo com ervas, misture a ricota ou o cream cheese com a cebolinha, as ervas mistas e tanto as raspas quanto o suco de limão-siciliano. Tempere com sal e pimenta e reserve.

2. Corte a parte de cima dos tomates e arranque as sementes com uma colher ou algo similar. Recheie os tomates com a mistura de queijo e coloque-os em uma assadeira. Asse no forno preaquecido a 190°C por 20-25 minutos, ou até que os tomates estejam macios.

Batata *rösti*

Batatas combinam perfeitamente com hobbits, é claro. Não é só porque Sam demonstra seu desejo de comê-las em *O Senhor dos Anéis* e arranja algumas para fazer seu famoso cozido de coelho na natureza, mas porque remetem a imagens de aconchego, nutrição e terra, que têm tudo a ver com o Condado. Ao pensar em batatas no universo de Tolkien, podemos muito bem imaginar o Mestre Samwise ou o seu velho pai, o Feitor, cavando no jardim da cozinha em Bolsão, prontos para iniciar a próxima safra. As batatas, para os hobbits, com certeza representam a lareira, a felicidade e o lar.

Isso não quer dizer, porém, que os elfos sejam sublimes demais para comer tal iguaria humilde. Afinal, eles nem sempre viveram em cidades belas e bosques encantados. Em *O Silmarillion*, Tolkien explica o primeiro despertar dos elfos no leste longínquo da Terra-média e a longa jornada deles para o oeste em resposta ao chamado dos Valar. Durante essa viagem árdua, passaram por muitas dificuldades, e com certeza não se importariam de desenterrar alguns tubérculos saborosos para assar sobre suas fogueiras. Entretanto, no máximo poderiam sonhar com este *rösti* de batatas.

O rösti *é um prato camponês simples originário da Suíça. É basicamente um bolinho gigante de batatas. Crocante e dourado, fica ótimo com bacon, como nesta receita, ou então coberto com um ovo escalfado ou salmão defumado e creme azedo.*

Para 4 pessoas

Pré-preparo + cozimento 40 minutos, além do tempo para esfriar

3 batatas com casca e escovadas (cerca de 625 g no total)
½ cebola cortada em rodelas finas
4 colheres (sopa) de óleo vegetal
8 fatias de bacon
sal e pimenta

Para servir

1 maço grande de agrião
1 abacate descascado e fatiado (opcional)

1. Cozinhe as batatas inteiras em uma panela grande cheia de água fervente levemente salgada por 8-10 minutos. Escorra e deixe esfriando. Depois que esfriarem, rale as batatas grosseiramente e misture-as em uma tigela com a cebola fatiada, 2 colheres (sopa) do óleo e bastante sal e pimenta.

2. Aqueça o óleo restante em uma frigideira antiaderente grande e coloque a mistura do *rösti*, apertando para achatá-la até cobrir uniformemente a base da frigideira. Cozinhe por 7-8 minutos e deixe escorregar para um prato, ou travessa, previamente untado com óleo. Vire o *rösti* de volta na frigideira para cozinhar o outro lado por mais 7-8 minutos, até que esteja crocante e dourado.

3. Enquanto isso, frite o bacon e reserve-o para escorrer sobre papel-toalha.

4. Corte o *rösti* em fatias como uma pizza e disponha-as nos pratos para servir. Espalhe o agrião por cima e finalize com bacon. Coloque algumas fatias de abacate, se quiser, e sirva imediatamente.

Mexido vegano do Beren

Beren, membro da Casa de Bëor, é o que podemos chamar de um tipo de elfo honorário. Ele se apaixona pela princesa elfa Lúthien e é o ancestral dos peredhil – os meios-elfos –, incluindo Elrond e Arwen, e a história dele está diretamente ligada ao conto trágico de Beleriand e à luta dos elfos pelas Silmarils (página 25). Em sua juventude, Beren até vive como talvez esperássemos que elfos vivessem (embora a realidade seja muito distinta), passeando livremente pelos ermos de Dorthonion, aproximando-se dos pássaros e de outros animais e evitando o consumo de carne. Como é improvável que ele tenha comido queijo ou ovos durante aquele tempo (embora talvez houvesse mel selvagem disponível), ele é a pessoa mais próxima do veganismo que podemos encontrar no universo de Tolkien.

Logo, este prato de café da manhã sem carne é dedicado ao maior herói dos edain da Primeira Era.

Este mexido de tofu e cogumelos, rico em proteínas, é uma alternativa vegana bem agradável aos clássicos ovos mexidos. O ketchup de cogumelos traz um sabor intenso de umami ao prato. Sirva com bolinhos tostados de batata ralada (conhecidos como "hash browns"*) ou torradas quentinhas.*

Para 4 pessoas

Pré-preparo + cozimento 15 minutos

2 colheres (sopa) de azeite ou óleo de colza
200 g de cogumelos-de-paris aparados e cortados em quartos
250 g de tofu firme, escorrido, seco e esfarelado
125 g de tomates-cereja cortados ao meio
1 colher (sopa) de ketchup de cogumelos
3 colheres (sopa) de salsinha picada
sal e pimenta

1. Aqueça o azeite ou o óleo em uma frigideira, acrescente os cogumelos e cozinhe-os sobre fogo alto, mexendo frequentemente por 2 minutos, até que estejam dourados e macios. Junte o tofu e cozinhe por 1 minuto sem parar de mexer.

2. Acrescente os tomates e cozinhe por mais 2 minutos até que comecem a amolecer. Coloque o ketchup de cogumelos, metade da salsinha, misture e tempere com sal e pimenta.

3. Sirva imediatamente com o restante da salsinha polvilhada por cima.

Café da manhã do Bilbo em Valfenda

Todos nós sabemos que os hobbits gostam de comer, e a comilança começa com o café da manhã, é claro. Bilbo e seus conterrâneos certamente apoiariam o velho conceito de que devemos ter um "café da manhã de rei". Portanto, podemos imaginar e nos preocupar com o que acontece quando Bilbo se aposenta em Valfenda, a cidade élfica no sopé das Montanhas Nevoadas, no início de *O Senhor dos Anéis*. Ele passa quase duas décadas lá, pesquisando e registrando o conhecimento e a história dos elfos (bem como escrevendo suas próprias aventuras), então certamente deve ter precisado de cafés da manhã bem reforçados antes de cada dia passado na antiquíssima biblioteca de Valfenda.

Talvez não precisemos nos preocupar. Elrond, o senhor de Valfenda, claramente tem muito apreço pelo hobbit idoso e é bem possível que tenha garantido que os cozinheiros élficos lhe preparassem um excelente café da manhã, como este, com um queijo bem cremoso feito do leite das cabras selvagens das montanhas do vale secreto.

Esta é uma ótima receita para um café da manhã tranquilo de domingo. O acréscimo de mostarda dá um toque condimentado ao omelete que é cheio de queijo de cabra bem cremoso. Para deixar o prato mais colorido, coloque também alguns tomates refogados salpicados com manjericão.

Para 4 pessoas
Pré-preparo + cozimento 30 minutos

4 colheres (sopa) de azeite
500 g de tomate-cereja vermelho e amarelo, cortados ao meio
um pouco de manjericão picado e alguns ramos para decorar
12 ovos
2 colheres (sopa) de mostarda com grãos (tipo *ancienne*)
50 g de manteiga
100 g de queijo de cabra macio cortado em cubos
sal e pimenta
agrião para finalizar

1. Aqueça o azeite numa frigideira, junte os tomates e cozinhe em fogo médio por 2-3 minutos até que amoleçam (talvez tenha que fazer isso em duas levas). Coloque o manjericão e tempere a gosto com sal e pimenta, depois transfira para uma tigela e mantenha-a aquecida.

2. Bata os ovos com a mostarda em uma tigela grande e tempere com sal e pimenta.

3. Derreta ¼ da manteiga numa frigideira para omeletes ou numa frigideira pequena em fogo médio até que pare de espumar, então despeje ¼ dos ovos batidos. Bata a mistura levemente com um garfo para que cozinhe uniformemente. Assim que estiver cozido na base (mas ainda um pouco cremoso no meio), distribua ¼ do queijo de cabra e cozinhe por mais 30 segundos. Deslize o omelete delicadamente para um prato, dobrando-o ao meio durante esse processo. Mantenha aquecido.

4. Repita o processo com o restante da mistura para fazer mais 3 omeletes. Sirva com os tomates e decore com agrião e ramos de manjericão.

Salmão curado do rio Sirion

Rios grandiosos – o Nilo, o Ganges, o Eufrates, o Mississipi – sempre tiveram um papel importante na história humana como berços de civilizações e vias que conectam territórios e povos distantes. Logo, não é surpresa que haja rios grandes e importantes na Terra-média. Em *O Hobbit* e *O Senhor dos Anéis*, é o rio Anduin – o Grande Rio das Terras dos Ermos –, e em Beleriand, a terra dos elfos em *O Silmarillion*, fica o Sirion, outro rio que flui do norte ao sul e acaba sendo o aspecto unificador em uma paisagem tão diversa.

O Sirion aparece várias vezes nos contos de Tolkien sobre Beleriand. Talvez sua associação mais próxima por lá seja com o rei elfo de cabelos dourados Finrod – irmão mais velho de Galadriel –, que constrói uma torre de vigia, Minas Tirith, em Tol Sirion, a "ilha do Sirion", nas partes mais altas do rio. Finrod e seus companheiros frequentemente perambulam pelas margens do Sirion, e, embora esta receita seja uma versão mais fácil de preparar em casa, podemos facilmente imaginá-los defumando seus salmões, recém-pescados do rio selvagem e indomado, sobre as fogueiras de seus acampamentos.

Salmão curado, servido com ovos mexidos num café da manhã luxuoso, é uma delícia e muito mais fácil de preparar do que você imagina. A receita básica usa porções iguais de açúcar e sal, além de outros ingredientes para dar sabor – na nossa receita, usamos as sementes de coentro e a laranja.

Para 10 pessoas como entrada
Preparo 20 minutos, além do tempo de cura

600 g de filé de salmão
175 g de sal marinho fino
175 g de açúcar mascavo claro macio
1 colher (chá) de grãos de pimenta-do-reino preta
2 colheres (chá) de sementes de coentro
raspas finas da casca de 3 laranjas

1. Um dia antes de servir este prato, lave o filé de salmão com água fria e seque com batidinhas de papel-toalha.

2. Bata o sal, o açúcar, os grãos de pimenta, as sementes de coentro e as raspas de laranja em um processador, depois espalhe cerca de ⅓ da mistura pelo fundo de um prato raso ou recipiente plástico grande o bastante para comportar o peixe. Coloque-o sobre essa camada com a pele para baixo, então cubra com o restante da mistura da cura, esfregando bem por todas as partes. Tampe o recipiente com plástico-filme e deixe-o na geladeira de 8 a 12 horas.

3. Tire da geladeira e enxágue bem com água fria, depois seque com batidinhas de papel-toalha. Se tiver a chance, seria bom o peixe ficar secando por mais algumas horas na geladeira, em um prato descoberto. Sirva em fatias finas cortadas a partir da ponta mais larga do filé.

Kedgeree dourado do Círdan

Não vale só para o café da manhã – você pode se esbaldar com este prato reconfortante de arroz com peixe e ovos, e o sabor de curry levemente picante, a qualquer hora do dia. Vai muito bem num brunch durante o inverno ou para o jantar.

Para 4 pessoas

Pré-preparo + cozimento 40 minutos

200 ml de leite
150 ml de água fria
1 folha de louro
400 g de hadoque defumado sem corante
3 colheres (sopa) de água fervente
uma pitada de estigmas de açafrão
1 colher (sopa) de óleo vegetal
25 g de manteiga
1 cebola bem picada
1 dente de alho bem picado
1 colher (chá) de gengibre fresco descascado e ralado fino
1 colher (chá) de curry em pó suave
250 g de arroz basmati
400 ml de caldo de legumes ou de peixe
6 ovos de codorna
5 colheres (sopa) de *crème fraîche* (creme espesso similar a creme azedo)
sal e pimenta
salsinha picada para finalizar

1. Coloque o leite, a água fria e a folha de louro em uma frigideira rasa com tampa. Deite o hadoque nessa mistura, com a pele para baixo. Espere ferver, tampe e cozinhe em fervura branda por 5 minutos, ou até que esteja totalmente cozido. Tire o peixe da frigideira, reserve o líquido e deixe esfriar.

2. Despeje a água fervente sobre os estigmas de açafrão em outro recipiente e deixe a infusão acontecer.

3. Enquanto isso, aqueça o óleo e a manteiga em uma panela alta e grande. Acrescente a cebola e refogue-a lentamente por 5 minutos, até que esteja macia. Junte o alho e o gengibre e cozinhe por mais 1 minuto. Coloque o curry em pó e o arroz e misture até que o basmati esteja bem coberto pelos ingredientes.

4. Despeje o leite reservado, o caldo e o açafrão em infusão. Deixe ferver e depois cozinhe em fervura branda por 15 minutos.

5. Enquanto isso, ferva água em uma panela. Coloque os ovos de codorna com cuidado dentro da água e cozinhe-os por 3 minutos. Retire-os da panela e resfrie em água corrente. Descasque-os e corte-os ao meio.

6. Remova a pele do peixe cozido já frio, corte-o em lascas e coloque no arroz, junto com os ovos cortados. Desligue o fogo, tampe e deixe descansar por 5 minutos para aquecer tudo. Junte o *crème fraîche* e tempere. Distribua em pratos e finalize com salsinha picada para servir.

O elfo Círdan é um dos personagens mais duradouros mas também mais elusivos no *legendarium* de Tolkien, tendo participado das quatro eras da história da Terra-média. Sua última aparição é no final de *O Senhor dos Anéis*, quando recebe os portadores dos Anéis – Frodo, Bilbo, Galadriel e Gandalf – em seu reino dos Portos Cinzentos (Mithlond), antes de partirem em sua jornada para o oeste.

Por toda a história, Círdan costuma ser mais associado ao mar e à construção de barcos – seu próprio nome significa “construtor de barcos” –, e seu povo é conhecido como os falathrim, o “povo da costa”. Em mitologias, construtores de barcos costumam ser retratados como símbolos de esperança e como portadores do dom da premonição – basta nos lembrarmos da figura bíblica de Noé e sua arca –, e Círdan executa esse papel consistentemente, ainda que permaneça um personagem um tanto vago.

Este prato de café da manhã comemora não apenas o amor pelo mar deste construtor de barcos, mas também seu papel como protetor de um dos três Anéis dos elfos, o Anel de Fogo (página 82), antes de passá-lo adiante para Gandalf. A cor flamejante de Narya é representada pelo belo açafrão dourado desta receita.

Bolo de maçã da Vila do Bosque

Um dos momentos mais encantadores em *O Senhor dos Anéis* é o encontro inicial dos hobbits com um grupo de altos elfos itinerantes, liderado por Gildor Inglorion, na Ponta do Bosque, uma área arborizada selvagem próxima à fronteira leste do Condado. Parte da magia dessa cena breve é que parecemos vê-la primariamente pelos olhos de Sam, que está vivenciando seu primeiro encontro com o Povo Belo. A fascinação desse momento alegre e a refeição improvisada que os hobbits apreciam na Vila do Bosque são momentos que permanecem gravados na memória dele para sempre.

Sam fica, acima de tudo, maravilhado com o canto dos elfos e também se lembra da doçura das frutas que servem. Desde então ele sonha em poder cultivar maçãs como as que experimentou naquela noite. A maçã (*cordof*, em sindarin) parece ter uma associação próxima aos elfos, que por sua vez a mencionam em seus contos e cantos com as entesposas há muito perdidas – as guardiãs espirituais dos pomares e das plantas (página 144).

Este bolo de maçã superfácil e úmido é perfeito para o café da manhã ou o chá da tarde. Você pode dar uma variada substituindo metade das raspas e suco de limão-siciliano por limão comum, ou trocando tudo por raspas e suco de laranja.

Para 10 pessoas

Pré-preparo + cozimento 1½ hora, além do tempo para esfriar

100 g de maçã desidratada picada grosseiramente
100 ml de água
175 g de manteiga levemente salgada amolecida
raspas finas da casca de 2 limões-sicilianos
3 colheres (sopa) de suco de limão-siciliano
175 g de açúcar refinado
3 ovos
125 g de farinha de trigo com fermento
50 g de sementes de papoula

Para o glacê

75 g de açúcar de confeiteiro peneirado
1 colher (sopa) de suco de limão-siciliano

1. Coloque a maçã e a água em uma panela pequena e aqueça por 5 minutos, até que a maçã absorva a água. Deixe esfriar.

2. Bata o restante dos ingredientes do bolo em uma tigela até que a massa esteja cremosa e com coloração clara. Junte as maçãs frias.

3. Passe a mistura em colheradas para uma fôrma de bolo inglês de 1 kg, ou 1,3 litro, untada e forrada com papel-manteiga. Nivele a superfície. Asse em forno preaquecido a 160°C por 1h-1h15, ou até que esteja firme ao tocar e um palito inserido no centro saia limpo. Solte as beiradas do bolo da fôrma e transfira para uma grade de resfriamento. Retire o papel-manteiga e deixe esfriar.

4. Para o glacê, bata o açúcar de confeiteiro com o suco de limão em uma tigela até formar um creme liso. Se necessário, acrescente algumas gotas de água ou mais suco. Despeje sobre o bolo em colheradas, deixando escorrer pelas laterais.

Muffins de milho de Aman

Na Terra-média, o trigo parece ser o cereal mais cultivado – tanto a terra natal dos hobbits, o Condado, quanto o reino dos dúnedain ao sul, Gondor (e certamente em outras terras assentadas e habitadas por humanos), parecem ter campos de trigo abundantes, e há muitas referências a alimentos feitos de trigo, como pães, biscoitos e bolos. Os elfos da Terra-média também cultivam trigo, embora talvez em escala muito menor.

O trigo também é cultivado em Aman, o continente do outro lado dos Mares Divisores. O ingrediente que conhecemos como milho não é mencionado, mas podemos facilmente imaginá-lo crescendo em abundância nas Terras Imortais. Nos tempos pré-colombianos, o cultivo do milho se espalhou a partir do sul do México para grande parte das Américas, e no mundo de Tolkien podemos imaginá-lo sendo cultivado pelos vanyar, os mais belos e nobres entre os elfos, que desde antes da Primeira Era viviam exclusivamente em Aman. Seus cabelos loiros certamente sugerem plantações douradas de milho, com espigas de cor viva como a luz do Sol.

Prepare uma receita rápida destes muffins salgados de milho como guloseima para um café da manhã de fim de semana. Sirva junto com bacon crocante ou com ovos mexidos ou escalfados. São mais gostosos quando ainda mornos, mas também podem ser congelados e funcionam muito bem em piqueniques ou quando colocados em marmitas e lancheiras.

Rende 12 unidades

Pré-preparo + cozimento 40 minutos

75 g de manteiga
grãos de 1 espiga grande de milho
1 cebola pequena cortada em cubos
½ pimenta dedo-de-moça sem semente e em cubos
140 g de farinha de trigo
140 g de farinha de milho para polenta
2 colheres (chá) de fermento químico
50 g de queijo cheddar ralado
uma pitada de sal
2 ovos
300 ml de *buttermilk*
100 ml de leite

1. Derreta 25 g da manteiga em uma panela em fogo médio, coloque o milho, a cebola, a pimenta e cozinhe por 2-3 minutos.

2. Peneire a farinha de trigo junto com a farinha de milho e o fermento. Junte o queijo ralado e uma pitada de sal.

3. Derreta o restante da manteiga em uma panela pequena. Em uma tigela, bata os ovos junto com a manteiga derretida, o *buttermilk* e o leite. Incorpore os ingredientes líquidos nos secos, junte a mistura refogada de milho e misture levemente. Distribua entre as cavidades de uma fôrma para 12 muffins.

4. Asse em forno preaquecido a 190°C por 18-20 minutos, até que fiquem dourados e bem cozidos.

Friands de café da manhã das Silmarils

O livro *O Silmarillion* – a narrativa de Tolkien sobre a Primeira Era – tem esse nome por causa das Silmarils, três joias criadas pelo orgulhoso elfo Fëanor, um dos noldor, cheias da luz das Duas Árvores de Valinor. As Silmarils, joias de beleza extraordinária, servem como leitmotiv para os contos, conforme são cobiçadas e causam discórdia entre elfos, homens, anões e o Senhor das Trevas Morgoth – em uma batalha épica que culmina na Guerra das Joias e na destruição catastrófica de Beleriand. As joias, tanto milagrosas quanto aparentemente amaldiçoadas, têm um papel similar ao do Colar de Harmonia na mitologia grega ou do colar Brísingamen das lendas e contos nórdicos.

Estes delicados *friands* de café da manhã, incrustados com frutas como joias, podem não ter a beleza transcendental das lendárias Silmarils, mas podem muito bem causar discórdia na mesa para ver quem pegará o último!

continua na próxima página ⇛

Estes friands *com frutas, feitos com claras e bem pouca farinha, são deliciosamente leves. As amêndoas moídas garantem a umidade e a textura gostosa de mastigar. Combinam bem com uma xícara de café para um desjejum menos regrado.*

Rende 12 unidades

Pré-preparo + cozimento 40 minutos, além do tempo para esfriar

175 g de manteiga sem sal
75 g de morango desidratado, cereja ácida ou cranberry picados grosseiramente
2 colheres (sopa) de suco de laranja
6 claras
225 g de açúcar refinado e mais um pouco para polvilhar
75 g de farinha de trigo
125 g de amêndoas moídas

1. Derreta a manteiga e deixe esfriar. Coloque os morangos, as cerejas ou os cranberries e o suco de laranja em outra panela e aqueça até que a mistura fique quente. Despeje em uma tigela e deixe esfriar.

2. Bata as claras em uma tigela limpa com uma batedeira elétrica portátil até que espumem bem e ganhem volume, mas sem formar picos. Junte o açúcar, a farinha, as amêndoas moídas e misture até ficar quase homogêneo. Despeje a manteiga uniformemente sobre a mistura e mexa delicadamente só até incorporá-la.

3. Distribua a massa igualmente entre as cavidades de uma fôrma para 12 muffins, depois espalhe os morangos, as cerejas ou os cranberries por cima. Asse no forno preaquecido a 200°C por cerca de 20 minutos, até que estejam levemente dourados e começando a ficar firmes ao toque. Deixe descansar na fôrma por 5 minutos e então transfira para uma grade de resfriamento. Depois de frio, sirva polvilhado com açúcar refinado.

Muesli de avelãs do rio Teiglin

Tolkien, em sua criação da Terra-média, desenvolveu uma flora particularmente rica e elaborada, mesclando espécies tanto do mundo real (ou similares) quanto de sua imaginação. Assim, junto de espécies conhecidas de árvores, como o carvalho e a faia, também encontramos árvores completamente fictícias, como o majestoso mallorn que floresce em Lothlórien. Seja qual for a origem – natureza ou imaginação –, Tolkien as descreve em detalhes cuidadosos, de forma que, enquanto passeamos pelo Condado com os hobbits ou perambulamos por Beleriand com os heróis de *O Silmarillion*, acabamos valorizando as paisagens da Terra-média e os seres que a habitam.

Uma das espécies comuns do nosso mundo real que encontramos na Terra-média é a aveleira. Em Beleriand são descritas crescendo em grupos pelas margens do rio Teiglin – um afluente do Sirion (página 19) –, e suas castanhas, cuja doçura é realçada quando tostadas, com certeza eram consumidas tanto pelos elfos quanto pelos homens.

Um muesli caseiro tem muitas coisas benéficas e nenhuma tranqueira. Ele garante que você comece o dia do jeito certo. É possível variar as frutas secas: tente experimentar cranberries ou damascos, tâmaras picadas, goji berries ou groselhas.

Para 4 pessoas

Pré-preparo + cozimento 25 minutos, além do tempo para esfriar

- 100 g de coco seco ralado
- 100 g de amêndoas laminadas
- 100 g de avelãs sem pele
- 100 g de sementes de girassol
- 250 g de trigo-sarraceno em flocos
- 250 g de painço em flocos (também chamado de milhete)
- 100 g de manga desidratada fatiada
- 100 g de uvas-passas brancas

1. Espalhe o coco sobre uma assadeira, formando uma camada fina. Em outra assadeira, espalhe as amêndoas, as avelãs e as sementes de girassol, também em uma camada fina. Toste no forno preaquecido a 150°C por cerca de 20 minutos, mexendo a cada 5 minutos para dourar uniformemente. Fique de olho nas sementes de girassol para que não queimem.

2. Tire as travessas do forno e deixe esfriar, depois pique as avelãs grosseiramente.

3. Misture todos os ingredientes tostados com o restante dos ingredientes em uma tigela grande até que fique uniforme. Armazene em um recipiente hermético por 1-2 semanas.

Pão integral da Yavanna

Em *O Silmarillion*, o trigo cresce alto e dourado nos campos de Yavanna em Valinor, o reino dos Valar – os grandes espíritos que ajudaram a moldar Arda (a Terra) após sua criação. Para Tolkien, Valinor – parte do continente de Aman – era muito similar às terras de abundância tão comuns nas mitologias do nosso mundo – dos Vanaheimr da mitologia nórdica, lar dos Vanes, deuses da fertilidade, até Cockaigne das lendas medievais. Também é tentador fazer comparações com as lendas que se espalharam rapidamente pelas Américas após a chegada dos europeus no final do século XV – como um continente abençoado com frutas e vegetais enormes e superabundância de animais para caçar.

A própria figura de Yavanna tem forte influência de deusas mitológicas como a grega Deméter, a romana Ceres e a nórdica Sif, todas associadas à colheita de grãos, embora a influência de Yavanna como a "Mãe-Terra" de Tolkien percorra todos os seres vivos, criaturas e plantas. Alimente-se deste pão integral feito com o "grão antigo" conhecido como espelta ou trigo-vermelho e imagine-se tomando seu café da manhã com uma vista para as paisagens serenas e ensolaradas de Valinor.

Será que há algo melhor que o aroma de pão recém-assado? Este pão incrustado com sementes de girassol não precisa de sova nem de tempo de fermentação e é super-rápido de preparar para um café da manhã de fim de semana. Sirva morno com manteiga e uma colherada de geleia de amora de Ithilien (veja na página 32).

Rende 1 pão
Pré-preparo + cozimento 1 hora

200 g de farinha de trigo e mais um pouco para polvilhar
200 g de farinha integral de espelta
100 g de farinha de centeio
2 colheres (chá) de fermento químico
1 colher (chá) de sal
75 g de sementes de girassol mais 2 colheres (sopa)
500 g de iogurte natural
leite para pincelar

1. Em uma tigela, misture as farinhas, o fermento, o sal e as sementes de girassol. Junte o iogurte e misture até formar uma massa razoavelmente macia.

2. Molde a massa em formato cilíndrico sobre uma superfície enfarinhada, depois coloque-a em uma fôrma de pão ou bolo inglês de 1,25 kg, ou 1,5 litro. Pincele com um pouco de leite e salpique as 2 colheres (sopa) restantes de sementes de girassol.

3. Asse em forno preaquecido a 220°C por 20 minutos. Reduza a temperatura para 160°C e asse por mais 30 minutos. A base do pão deve ter um som oco ao receber batidas. Se for necessário, leve ao forno por mais um tempo. Transfira o pão para uma grade de resfriamento e deixe esfriar.

Geleia de pétalas de rosa de Gondolin

Reinos ocultos nas montanhas são um tema recorrente em mitos e lendas – desde o reino utópico de Shambhala no budismo do leste asiático até a lendária cidade de ouro, El Dorado, buscada pelos conquistadores espanhóis. Na obra de Tolkien, o reino oculto típico é Gondolin, fundado logo após o início da Primeira Era por Turgon, um senhor nobre dos noldorin. Gondolin é uma cidade escondida em meio às Montanhas Circundantes, no norte de Beleriand, e só pode ser alcançada por um caminho secreto muito bem guardado.

Em suas anotações intermináveis, Tolkien imaginava Gondolin com certa precisão nos detalhes – seus portões, ruas, praças e construções. Era famosa por suas casas de mármore e seus jardins floridos e, aparentemente, sobretudo por suas rosas perfumadas. O Beco das Rosas, perto do palácio do rei, é registrado como um lugar particularmente lindo para passear. A cidade foi destruída pelas forças de Morgoth no ano 510 da Primeira Era, numa catástrofe relatada em um dos "grandes contos" encontrados em *O Silmarillion* e em *A queda de Gondolin*. Reencontre um pouco da beleza perdida desse reino oculto nesta perfumada geleia de pétalas de rosa.

Esta geleia de textura mais líquida é delicada e aromática. Fica muito boa com panquecas, misturada com iogurte espesso ou despejada por cima de um mingau. É importante usar pétalas de rosa que não tenham sido borrifadas com nenhum tipo de agente químico. As pétalas podem perder sua coloração durante o cozimento, mas não se preocupe – o suco de limão ajudará a recuperar a cor!

Rende 3 potes
Pré-preparo + cozimento 50 minutos

350 ml de água
70 g de pétalas de rosa sem químicos, lavadas
400 g de açúcar cristal
3 colheres (sopa) de suco de limão-siciliano
1 colher (chá) de pectina

1. Coloque a água e as pétalas de rosa em uma panela alta em fogo baixo. Cozinhe em fervura branda com cuidado por 10 minutos. Acrescente ¾ do açúcar e misture até dissolver todos os cristais. Despeje o suco de limão e cozinhe em fervura branda por mais 10 minutos.

2. Enquanto isso, misture o restante do açúcar com a pectina em uma tigela pequena. Despeje na geleia pouco a pouco, mexendo sempre para a pectina não empelotar. Cozinhe lentamente em fervura branda por mais 20 minutos.

3. A geleia vai continuar bastante líquida. Ela ficará mais firme conforme esfria, mas a textura será mais para um xarope, e não para algo muito espesso.

4. Transfira para potes esterilizados, secos e mornos. Feche com tampas de rosca e deixe esfriar. A geleia pode ser armazenada por até 2 meses na geladeira ou congelada por até 6 meses.

Geleia de amora de Ithilien

Pessoas que perambulam pelo campo sabem que amoras podem ser tanto um prazer quanto um incômodo. A fruta é doce e suculenta, mas tirá-la das moitas enormes e espinhentas pode ser um problema. Na região de Mordor, a terra devastada controlada por Sauron, há até superamoreiras com espinhos como facas que mais parecem cercas de arame farpado tipo concertina, bem conhecidas por Tolkien e muitos outros soldados durante a Primeira Guerra Mundial.

As amoreiras de Mordor possuem parentes mais gentis que também são retratados em Ithilien, a terra que um dia foi bela ao leste de Gondor e que foi destruída por Sauron e o rei de Morgul. Após a Guerra do Anel, o elfo sindarin Legolas decidiu ficar em Ithilien com outros de seu povo, trabalhando para recuperar a antiga glória da floresta. Seria interessante pensar que o arbusto de amoras – normalmente um símbolo de abandono e descaso – não seria completamente banido e que, domado e cuidado, seria usado pelos elfos para fazer uma geleia maravilhosa como esta.

A parte mais complicada desta receita é saber identificar quando a geleia atingiu o ponto ideal para endurecer. Uma maneira fácil de saber é despejar 1 colher (chá) de geleia em um pires que foi deixado gelando na geladeira ou no congelador. A geleia esfriará bem rápido para a temperatura ambiente. Pressione-a cuidadosamente com o dedo; se estiver no ponto, sua pele enrugará. Se não, volte a geleia para o fogo e ferva novamente. Teste de novo depois de alguns minutos.

Rende 4 potes
Pré-preparo + cozimento 50 minutos

500 g de amora
500 g de figo (cerca de 9) cortado em quartos
300 ml de água
2 paus de canela cortados ao meio
1 kg de açúcar cristal
suco de 1 limão-siciliano
15 g de manteiga (opcional)

1. Coloque as amoras e os figos em uma panela alta e grande. Despeje a água na medida certa e depois acrescente os paus de canela. Leve à fervura branda e mantenha nessa temperatura para cozinhar, sem tampar, por aproximadamente 10 minutos, até que as frutas estejam começando a amolecer.

2. Coloque o açúcar na panela e também o suco de limão. Aqueça cuidadosamente, mexendo de tempos em tempos, até dissolver todo o açúcar. Leve à fervura e ferva rapidamente até atingir o ponto de endurecimento (conforme explicação acima) – cerca de 25 minutos. Tire a espuma com uma colher vazada ou acrescente manteiga, se necessário (isso ajuda a quebrar a espuma que pode se formar na superfície).

3. Transfira para potes esterilizados, secos e mornos, preenchendo-os até o topo. Não se esqueça de descartar a canela. Feche com tampas de rosca ou com discos de cera e cobertura de celofane, fechados com elástico. Etiquete e deixe esfriar.

Geleia de mirtilo da Arwen

Mirtilos parecem crescer em arbustos nos sopés das Montanhas Nevoadas: em *O Senhor dos Anéis*, Aragorn e os quatro hobbits buscam um refúgio para se esconder dos Cavaleiros Negros no meio das urzes e dos mirtilos conforme terminavam sua jornada para Valfenda pela Grande Estrada Leste-Oeste. Podemos muito bem imaginar, portanto, que mirtilos são uma das frutas popularmente apanhadas pelos elfos de Valfenda, transformadas em geleias e compotas ou servidas como acompanhamento para carnes assadas.

Esta deliciosa geleia de mirtilos pode ser uma das favoritas de Aragorn, uma guloseima feita e servida pela meia-elfa Arwen Undómiel para seu prometido em uma das raras visitas de Aragorn ao reino do pai dela. Até mesmo heróis calejados gostam de alguns prazeres simples na vida.

Esta geleia, bem fácil de fazer, usa mirtilos congelados por uma questão de conveniência e fica perfeita com torradas ou scones *quentinhos. Para dar um toque mais adulto, você pode misturar 1 colher (chá) de uísque ou gim dentro de cada pote antes de cobrir e armazenar.*

Rende 4-5 vidros

Pré-preparo + cozimento 30 minutos

2 pacotes (480 g) de mirtilo congelado
340 g de framboesa fresca
1 kg de açúcar para geleia com pectina
15 g de manteiga (opcional)

1. Coloque os mirtilos e as framboesas em uma panela alta e grande. Tampe e cozinhe lentamente por 10 minutos e mexa de tempos em tempos até que comecem a soltar os sucos e as frutas comecem a amolecer.

2. Despeje o açúcar e aqueça-o cuidadosamente, mexendo de tempos em tempos até dissolvê-lo por completo. Leve à fervura e ferva rapidamente até atingir o ponto de endurecimento (veja na página 32) – cerca de 5-10 minutos. Tire a espuma com uma colher vazada ou acrescente manteiga, se necessário (isso ajuda a quebrar a espuma que pode se formar na superfície).

3. Transfira para potes esterilizados, secos e mornos, preenchendo-os até o topo. Feche com tampas de rosca ou com discos de cera e cobertura de celofane, fechado com elásticos. Etiquete e deixe esfriar.

Manteiga de amêndoas de Edhellond

O refúgio de Edhellond era o assentamento dos elfos sindar que ficava mais ao sul da Terra-média, fundado durante a Primeira Era pelos refugiados de Beleriand, região assolada pela guerra. É o cenário do final trágico de uma das histórias de amor mais tristes de Tolkien: a de Amroth, rei de Lothlórien, e a elfa Nimrodel. Esse refúgio já fora abandonado havia muito tempo no período dos eventos narrados em *O Senhor dos Anéis*, embora haja quem diga que os governantes mortais das terras próximas, os príncipes de Dol Amroth, têm sangue élfico, sendo descendentes de um senhor de Númenor e de uma das companheiras de Nimrodel, chamada Mithrellas.

Edhellond, assim como o reino de Gondor do qual passou a fazer parte na Terceira Era, devia usufruir de um clima meio mediterrâneo, um tanto quente e ensolarado, perfeito para o cultivo de amendoeiras e suas flores brancas e rosadas gloriosas. Logo, é perfeitamente possível que os elfos de Edhellond preparassem algo similar a esta maravilhosa manteiga de amêndoas e que depois tenham dado o segredo de seu preparo para os gondorianos, passando hereditariamente pela linhagem de príncipes de Dol Amroth.

Manteigas caseiras de castanhas são saudáveis, baratas e nada complicadas de fazer, além de serem muito mais gostosas que qualquer coisa que você possa comprar. Acrescente mel ou xarope de bordo, um pouquinho de extrato de baunilha e uma pitada de canela para deixar ainda mais especial se quiser.

Rende 300 g

Pré-preparo + cozimento 20 minutos

300 g de amêndoas com pele
um fio de mel ou xarope de bordo
algumas gotas de extrato de baunilha (opcional)
canela em pó a gosto (opcional)

1. Espalhe as amêndoas uniformemente em uma assadeira e toste-as no forno preaquecido a 190°C por cerca de 10 minutos. Não se esqueça de virá-las ou sacudi-las na metade do processo e cuidado para não deixá-las queimar. Tire a assadeira do forno e deixe esfriar.

2. Coloque as amêndoas em um processador e bata por 10 minutos, parando de tempos em tempos para raspar as laterais com uma espátula, se necessário. Quando atingir a textura de sua preferência, acrescente o mel ou o xarope de bordo, além da baunilha e da canela, se for usar, e bata por mais 30 segundos, até misturar bem.

3. Armazene em um recipiente bem vedado na geladeira por até 3 semanas.

Leite de aveia caseiro do Radagast

Sabemos que os elfos da Grande Floresta Verde (Floresta das Trevas) não eram nem um pouco vegetarianos, mas eles podem muito bem ter se encantado com este leite de aveia quando, passando pelo Sul para visitar seu povo em Lothlórien, foram recebidos com um copo dele em Rhosgobel, o lar do mago Radagast. Em Valinor, ele era um Maia a serviço de Yavanna e, durante sua missão na Terra-média, era especialmente focado nos animais e nas plantas. Não sabemos nada de sua alimentação, mas é improvável que comesse carne, diferentemente de Gandalf; então este leite de aveia poderia ser exatamente o tipo de coisa que Radagast prepararia. A aveia obviamente seria obtida por alguma troca com seus vizinhos, os beornings do Norte.

Preparar seu próprio leite de aveia lhe dá o controle dos ingredientes e é muito fácil de fazer. Você pode adaptar esta receita ao seu paladar com um pouquinho de extrato de baunilha, algumas tâmaras ou um pouco de xarope de bordo ou mel para adoçar.

Rende aprox. 750 ml
Preparo 20 minutos, além do tempo para demolhar e escorrer

100 g de flocos de aveia
750 ml de água fria
uma pitada de sal refinado

1. Coloque a aveia em uma tigela e despeje água suficiente para cobri-la. Cubra com um pano e deixe descansar em um local fresco por 4 horas, ou da noite para o dia.

2. Escorra e descarte a água da demolha. Coloque a aveia em um processador com os 750 ml de água e o sal. Bata até que fique completamente uniforme e sem pedaços visíveis de aveia.

3. Forre um coador com um pano apropriado para filtragem e coloque sobre uma tigela ou jarra. Despeje o leite de aveia e deixe filtrando por 1 hora, ou até que a maior parte do líquido já tenha passado para o recipiente. Junte as pontas do pano e esprema bem para extrair o resto do leite.

4. Transfira o leite para uma garrafa e guarde na geladeira. Pode ser armazenado por 2-3 dias.

Vertentes da culinária élfica

Podemos presumir que não havia apenas uma vertente da culinária élfica, mas sim várias. A diáspora dos elfos de Tolkien, saindo do extremo leste da Terra-média – de onde surgiram – para as regiões e as costas mais ocidentais, e a partir de lá para Aman, do outro lado do mar, além das longas eras que se passaram entre seu "despertar" e o "presente" de *O Senhor dos Anéis*, certamente causaria uma abundância de estilos culinários e preferências, aparentemente tão complexos quanto a evolução dos povos élficos (página 9). Podemos, portanto, ter bastante certeza de que os teleri, por exemplo, navegadores que viviam na costa, tinham uma alimentação à base de peixe, de que os sindar das florestas consumiam muita carne de caça e frutas silvestres, e de que os noldor da cidade de Gondolin em Beleriand tiravam seu sustento dos produtos de suas fazendas, pomares e hortas.

Assim como na história humana, também deve ter havido uma progressão, passando de técnicas de cozinha relativamente básicas até métodos mais sofisticados. Sem dúvida, os elfos "primitivos" de Cuiviénen (o local do despertar dos elfos) cozinhavam de forma similar – sobre uma fogueira e usando os ingredientes mais simples apanhados ou caçados nas florestas e no mar. Porém, ao chegar à Primeira Era, os eldar no mínimo já deviam ter desenvolvido técnicas de cozinha mais sofisticadas. Eles certamente tinham fornos e diversos tipos de utensílios à disposição e usavam os ingredientes vegetais e animais que eles mesmos produziam graças às artes agropecuárias que aprenderam com os Valar, os Maiar e as entesposas. Entretanto, esse desenvolvimento jamais seria tão definido ou absoluto. Os elfos de Lothlórien ou de Valfenda – os elfos mais "recentes" que encontramos nas páginas dos livros de Tolkien – sem dúvida nunca abandonaram por completo seu estilo caçador-coletor e continuaram a cozinhar, pelo menos às vezes, sobre fogueiras, como de fato ocorre em *O Hobbit*. Lá parece haver um contraste feito entre os alimentos oferecidos pela floresta e os servidos nos salões de Elrond.

Contudo, mesmo com toda essa variedade e diferença, com toda essa evolução, talvez seja, sim, possível falar de uma culinária élfica no singular – características em comum que unificam a maneira élfica de cozinhar e comer ao longo de muito tempo e em diferentes locais, e que são distintas das dos homens, dos anões e dos hobbits. Poderíamos, claro, apontar a preferência por alimentos frescos, sazonais e locais – uma alimentação o mais próximo possível da natureza e, sobretudo, de moderação e leveza, que funciona em harmonia com o corpo e não contra ele; que tem o poder de dar energia, não de dissipá-la. Mas, além disso, há também aquele *je ne sais quoi* que transforma o ordinário em extraordinário. Talvez o momento que deixe isso mais claro é no início de *O Senhor dos Anéis*, quando Frodo, Pippin e Sam comem uma refeição élfica a céu aberto na Ponta do Bosque, onde, pelo menos na memória dos hobbits, os sabores não só parecem sobrenaturais, mas também são mais intensos e vívidos que qualquer coisa que já haviam provado.

Refeições leves

Embora diversas vezes, em *O Hobbit* e *O Senhor dos Anéis*, possamos ler sobre elfos comendo carne assada ou bebendo vinhos tintos encorpados, em geral temos a tendência de associar esses seres etéreos a refeições mais leves do que aos pratos pesados tão apreciados por hobbits e anões, por exemplo. Usando a terminologia da culinária francesa, provavelmente interpretaríamos os pratos élficos como tendendo mais para a *cuisine minceur* (cozinha magra) do que para a *cuisine bourgeoise* (cozinha burguesa). Como os elfos de Tolkien poderiam permanecer tão esbeltos, saudáveis e em forma se não fosse assim?

Logo, a típica refeição élfica seria aquela oferecida aos hobbits pelo elfo Gildor na Ponta do Bosque, no Condado, no terceiro capítulo de *O Senhor dos Anéis*: leve, fresca, aromática... e memorável. Pippin, ao relembrar posteriormente a refeição composta de pão, vegetais, frutas e bebidas trazida pelo elfos àquela clareira parecida com um saguão, diz que se sentiu como se estivesse "acordado em um sonho". Talvez não possamos prometer um efeito desse nível com as receitas oferecidas nesta parte, mas esperamos poder capturar algo do espírito da culinária élfica: uma comida que nutra sem nos deixar cheios; que use ingredientes simples, preparos simples e, acima de tudo, que seja memorável para você e seus convidados.

Sopa de urtigas da Floresta Verde

Urtigas crescem em abundância nas florestas e nos ermos da Terra-média. Tolkien as menciona com alguma frequência, às vezes em associação com outras espécies exuberantes, urticantes ou até tóxicas, como cardos e cicutas. Na Floresta Velha, por exemplo, tais espécies de pragas são usadas simbolicamente, com a conotação de um mundo selvagem e perigoso em contraste com a segurança do Condado próximo, com seus campos de cogumelos, aveia, tabaco e trigo.

Podemos imaginar, porém, que os elfos que vivem nas florestas da Terra-média – especialmente os chamados laiquendi (elfos verdes) – sabiam aproveitar as urtigas como uma fonte rica em vitaminas e proteínas, sobretudo durante a primavera, quando os brotos são jovens e tenros. Aqui, portanto, temos uma sopa saborosa que poderia ser preparada em um dia ensolarado de primavera nas florestas de Ossiriand ou na Grande Floresta Verde (Floresta das Trevas).

Esta saborosa sopa verde-escura aproveita as urtigas ao máximo. Se quiser um pouco mais de requinte, finalize com um fio de creme de leite espesso antes de servir. Lembre-se de usar luvas ao manusear as urtigas e de lavá-las bem em água fria antes de usá-las na sopa.

Para 6 pessoas
Pré-preparo + cozimento 1 hora

25 g de manteiga
1 cebola picada grosseiramente
1 batata boa para assar cortada em cubos (cerca de 250 g)
1 litro de caldo de galinha ou de legumes
1/4 colher (chá) de noz-moscada ralada
225 g de folhas de urtiga bem lavadas e escorridas
300 ml de leite
sal e pimenta

1. Aqueça a manteiga em uma panela, coloque a cebola e refogue lentamente por 5 minutos, até que esteja macia. Junte a batata, tampe a panela e cozinhe por 10 minutos, mexendo de tempos em tempos.

2. Despeje o caldo, coloque a noz-moscada, o sal e a pimenta e leve à fervura. Tampe e cozinhe em fervura branda por 20 minutos, até que a batata esteja macia. Adicione as folhas de urtiga. Tampe novamente e cozinhe por mais 5 minutos, até que acabem de murchar.

3. Bata a sopa em levas num liquidificador ou processador até que fique bem uniforme. Volte à panela, misture com o leite, reaqueça com cuidado e sirva.

Sopa de rabada do Gado de Araw

Durante as primeiras eras de Arda (a Terra), Oromë, o caçador dos Valar, passa muito tempo longe dos esplendores de Valinor, caçando as criaturas sinistras de Melkor/Morgoth no continente atrasado da Terra-média. Nas histórias élficas, ele era associado ao gado colossal e majestoso conhecido como Gado de Araw, que vagava pelas regiões orientais – Araw é o nome do Vala Oromë na língua sindarin.

Esse gado parece ter uma relação próxima com o Sol (embora o Sol ainda não existisse nos tempos mais primordiais). Tolkien descreve a cor de suas laterais como sendo de um branco brilhante, que refletia a luz do Sol nos Portões da Manhã no leste – um detalhe que pode estar ligado ao gado do deus do sol Hélio na mitologia grega. Esta sopa encorpada pode ter sido preparada pelos elfos em dias de inverno, quando sonhavam com seu lar perdido em Valinor, com os Valar e com o resto de seu povo que vivia lá.

Reconfortante e intensa, esta refeição é perfeita para quando o clima está frio e cinzento lá fora. Ela melhora com o armazenamento, então quaisquer sobras ficarão ainda mais saborosas no dia seguinte. Para um banquete completo, sirva com os muffins de milho de Aman (página 24).

Para 6 pessoas

Pré-preparo + cozimento 5 horas

1 colher (sopa) de óleo de girassol
500 g de pedaços de rabo bovino (sem amarrar)
1 cebola bem picada
2 cenouras cortadas em cubos
2 talos de aipo em cubos
200 g de batata em cubos
um maço pequeno de ervas mistas
2 litros de caldo de carne bovina
450 ml de cerveja tipo *ale*, mais forte
2 colheres (chá) de mostarda inglesa
2 colheres (sopa) de molho inglês
1 colher (sopa) de polpa de tomate
1 lata (410 g) de feijão-de-lima, enxaguado e escorrido
sal e pimenta
salsinha picada para decorar

1. Aqueça o óleo em uma panela alta e grande, coloque os pedaços de rabo e frite até dourar em um dos lados. Vire os pedaços de carne e acrescente a cebola, mexendo até dourar todos os lados. Junte a cenoura, o aipo, a batata e as ervas e cozinhe por mais 2-3 minutos.

2. Coloque o caldo e a cerveja, depois a mostarda, o molho inglês, a polpa de tomate e o feijão. Tempere com sal e pimenta e leve à fervura, mexendo sempre. Deixe a panela meio tampada e cozinhe lentamente em fervura branda por 4 horas.

3. Tire a rabada e as ervas da panela com uma colher vazada. Descarte as ervas e separe a carne dos ossos, descartando a gordura. Volte a carne para a panela, reaqueça, prove e ajuste o tempero, se necessário. Distribua em tigelas para servir e polvilhe com salsinha picada.

Sopa de vôngoles de Alqualondë

A principal cidade de Tol Eressëa (página 45) é Alqualondë, nome que, apesar de lembrar coisas aquáticas, significa "Porto dos cisnes", devido aos belíssimos barcos em forma de cisne ancorados em seus portos. Tolkien nos conta que as construções do local são incrustadas com pérolas e que a cidade é iluminada por muitas lamparinas.

Ele não conta que tipo de pérola os elfos usaram para decorar sua cidade, mas talvez elas viessem de vôngoles em vez de ostras e, portanto, poderiam ser um produto derivado da pesca desse molusco marinho. Pérolas de mariscos gigantes (do gênero Tridacna) podem ser excepcionalmente grandes – como a famosa Pérola de Lao Tzu, que tem 24 centímetros de diâmetro –, então podiam ser uma boa fonte de alimento, além de decorações refinadas.

Esta sopa cremosa e farta é uma refeição completa em uma tigela. Ela transborda sabor e textura do toucinho, das batatas e dos vôngoles. Não se esqueça de descartar qualquer vôngole que permaneça fechado depois do cozimento.

Para 4 pessoas
Pré-preparo + cozimento 45 minutos

15 g de manteiga
1 colher (sopa) de óleo vegetal
75 g de toucinho em bastonetes
1 cebola bem picada
1 pimenta dedo-de-moça bem picada
100 ml de vinho branco seco
500 ml de leite
200 ml de creme de leite com alto teor de gordura
200 ml de caldo de galinha
375 g de batata bolinha cortada ao meio
500 g de vôngole vivo e limpo
um punhado de salsinha picada para finalizar

1. Aqueça a manteiga e o óleo em uma frigideira. Coloque o toucinho e cozinhe por aproximadamente 5 minutos, até dourar. Retire da frigideira. Coloque a cebola e cozinhe-a por 7 minutos, até que esteja macia.

2. Junte a pimenta e volte o toucinho para a frigideira. Despeje o vinho e ferva por uns 2 minutos até reduzir. Acrescente o leite, o creme de leite, o caldo de galinha e deixe ferver.

3. Coloque as batatas, misture e cozinhe por 10 minutos, ou até que estejam macias. Junte os vôngoles. Tampe e cozinhe por mais 5 minutos até que as conchas se abram. Descarte qualquer vôngole que permanecer fechado.

4. Polvilhe com um punhado de salsinha picada e sirva.

Salada marinha de Tol Eressëa

Tolkien não hesitava em saquear as mitologias do mundo para enriquecer as dele, e um dos resquícios desse hábito é Tol Eressëa – a ilha flutuante no Belegaer, o oceano vasto entre os dois continentes de Aman e Terra-média. Na *Odisseia* de Homero, encontramos a ilha flutuante de Eólia – a Ilha dos Ventos – e, nas lendas celtas, Tír na nÓg – um paraíso flutuante elusivo em algum lugar longe da costa irlandesa, surgindo e desaparecendo nas brumas do Atlântico.

A ilha flutuante de Tolkien é literalmente usada como barco. Originalmente, a ilha era fixa no leito oceânico, mas, quando os Valar chamam os elfos para Aman, Ulmo, o Vala do mar, arranca a ilha e a utiliza como uma embarcação gigante para transportar os três povos élficos para o outro lado do oceano. Mais tarde, a ilha é ancorada no leito do oceano novamente, perto de Aman, e se torna o lar dos teleri, os elfos do mar.

Em sua jornada para o outro lado do Belegaer, os elfos com certeza devem ter aproveitado os frutos de sua ilha-embarcação, apanhando o que podiam de suas praias. Esta salada marinha de sabor fresco tem como ingrediente principal a salicórnia (ou "aspargo do mar"), que cresce em abundância em pântanos salgados.

Uma salada cheia de sabores intensos de verão que funciona muito bem no almoço de um dia quente. Use tomates muito maduros e fique atento na hora de temperar, pois a salicórnia já é naturalmente salgada.

Para 4 pessoas
Preparo 15 minutos, além do tempo de descanso

600 g de tomates grandes picados grosseiramente em pedaços de 2 cm
1 colher (chá) de sal marinho
200 g de salicórnia (aspargo do mar) aparada
150 g de pão *ciabatta*
½ cebola roxa bem picada
um punhado de folhas de manjericão e mais um pouco para decorar
1 colher (sopa) de vinagre de vinho tinto
2 colheres (sopa) de azeite extravirgem
sal e pimenta

1. Coloque os tomates picados em uma tigela não metálica e salpique com o sal marinho. Deixe descansando por 1 hora.

2. Enquanto isso, ferva uma panela com água, coloque a salicórnia e a branqueie por 1 minuto. Escorra e imediatamente coloque a salicórnia em uma tigela com água gelada. Escorra novamente e seque com batidinhas de papel-toalha.

3. Tire a casca do pão *ciabatta* e rasgue-o em pedaços grosseiros.

4. Dê uma boa espremida nos tomates com as mãos limpas, depois acrescente a salicórnia, o pão, a cebola, o manjericão, o vinagre, o azeite e tempere a gosto com sal e pimenta. Misture tudo com cuidado, finalize com o resto do manjericão e sirva.

Salada de endívia e pera de Menegroth

Não são apenas os anões de Tolkien que constroem reinos subterrâneos: os elfos também. O mais famoso seria Menegroth – capital do reino florestal de Doriath e cidade das Mil Cavernas, profundamente escavada na lateral de uma ravina. Também há, porém, outros reinos e fortalezas élficos subterrâneos: Nargothrond, a fortaleza do elfo noldorin Finrod, inspirada em Menegroth; e, em *O Hobbit*, os salões subterrâneos do rei dos elfos (Thranduil), inspirados no reino de Doriath. Ao associar alguns de seus elfos com tais cidades ctônicas, Tolkien está provavelmente fazendo uma alusão aos elfos escuros (*dökkálfar*) da mitologia nórdica, que, diferente dos elfos luminosos (*ljósálfar*), vivem no subterrâneo e parecem ser ferreiros talentosos (de fato, como alguns dos elfos de Tolkien).

Esta salada saborosa une a luz e a escuridão. As endívias brotam de uma raiz de chicória cultivada em ambiente fechado sem luz do Sol, portanto podem ser particularmente apropriadas para os reinos élficos cavernosos. Contudo, aqui elas são colocadas junto à fragrância de peras e pétalas de rosas, assim também associando o prato a Lúthien e suas guirlandas de rosas, a filha resplandecente de Thingol, o rei de Doriath.

Esta salada diferente e muito bonita é inspirada na culinária marroquina. Ela junta a crocância e o suave amargor da endívia com peras maduras embebidas em água de rosas. Não é necessário colocar pétalas de rosas, mas seu sabor perfumado e adocicado agrega uma dimensão extra a esta salada veranil.

Para 4 pessoas
Preparo 10 minutos

2 peras maduras porém firmes, descascadas, sem o miolo e fatiadas finamente
suco de ½ limão-siciliano
1 ou 2 colheres (sopa) de água de rosas
2 cabeças de endívia branca, com as folhas separadas e enxaguadas
1 colher (sopa) de azeite
1 colher (chá) de mel bem líquido
um punhado de pétalas de rosa comestíveis frescas e perfumadas
sal

1. Coloque as peras fatiadas em uma tigela e salteie levemente com o suco de limão e a água de rosas. Deixe descansar por 5 minutos.

2. Distribua as folhas de endívia em uma saladeira rasa. Tire as fatias de pera da tigela usando uma colher vazada e espalhe-as por cima e em volta da endívia.

3. Misture o azeite com o que sobrou da água de rosas e do suco de limão na tigela. Despeje esse molho sobre a salada. Tempere com fios de mel e pitadas de sal a gosto. Distribua as pétalas de rosa por cima e misture tudo momentos antes de servir.

Truta defumada do Veio de Prata

Tolkien passou os anos mais felizes de sua infância num vilarejo chamado Sarehole (naquele tempo ficava em Worcestershire, e agora é parte de Birmingham) e tinha memórias carinhosas de suas brincadeiras às margens do riacho que passava por lá, o Cole. O Cole e o moinho de água de Sarehole se tornaram o modelo para o Água e o Moinho do Condado, ambos evidenciados em sua ilustração encantadora em aquarela intitulada *The Hill: Hobbiton-across-the-Water* [A Colina: bolsão do outro lado do Água], presente em algumas edições de *O Hobbit*.

Logo, não é surpreendente que rios, grandes e pequenos, afluentes e riachos, tivessem um papel tão importante na imaginação de Tolkien e na sua criação da geografia da Terra-média, sempre recebendo nomes sugestivos: o Voltavime, o Brandevin, o Entágua... O Veio de Prata (Celebrant, no idioma sindarin) parece ser um nome mais que apropriado para esse riacho que corre desde próximo ao Portão Leste das mansões dos anões de Moria, passando pelo reino florestal élfico de Lothlórien e finalmente desaguando no Anduin, o Grande Rio. Esse nome evoca, simultaneamente, as velozes águas do próprio Veio de Prata; o metal prateado e duro como diamante, mithril, obtido nas minas de Moria; os trajes brancos de Galadriel; a rainha elfa de Lothlórien, possuidora do Anel Branco, Nenya... e também as trutas arco-íris prateadas, que talvez possamos imaginar que nadem por ele.

A truta defumada tem um sabor mais delicado que o salmão defumado mais comum e combina maravilhosamente bem com a doçura das frutas nesta salada. Sirva como uma entrada elegante ou como um almoço leve.

Para 2 pessoas
Preparo 15 minutos

200 g de truta defumada
160 g de uva vermelha sem semente
75 g de agrião
1 bulbo de erva-doce

Para o molho
3 colheres (sopa) de maionese
4 picles de pepino bem picados
1 ½ colher (sopa) de alcaparras picadas
2 colheres (sopa) de suco de limão-siciliano
sal e pimenta

1. Desfaça a truta defumada em lascas de tamanho médio, tirando quaisquer espinhas, e coloque em uma saladeira grande. Lave e escorra as uvas e o agrião e coloque tudo na saladeira. Corte a erva--doce em fatias finas e junte ao restante.

2. Faça o molho misturando a maionese, os picles de pepino, as alcaparras e o suco de limão. Tempere a gosto com sal e pimenta, misture tudo com cuidado e sirva.

Bolinhos de alga

À semelhança dos "deuses" de Tolkien – os Valar e os Maiar – com os encontrados em mitologias do mundo antigo real não é apenas sutil. Uinen, uma Maia a serviço de Ulmo, o Senhor das Águas, é muito similar a entidades como a deusa grega Leucoteia, que, na *Odisseia* de Homero, salva seu herói naufragado, Odisseu, para que não se afogue – bastante diferente de suas associações com sereias dos folclores (pelo menos as mais gentis entre elas). Ao contrário de seu marido desregrado, Ossë, que está sempre causando tempestades, Uinen representa os aspectos mais agradáveis do mar: águas calmas banhadas pelo Sol, costa frutífera e riachos salgados. Os teleri dos litorais de Beleriand tinham uma relação particularmente próxima com Uinen, assim como os homens marítimos de Númenor, que rezavam por seu auxílio em alto-mar.

Nesta receita, imaginamos pacotinhos de sushi que os teleri poderiam preparar e comer em homenagem a Uinen. Os embrulhos seriam feitos com as massas de algas emaranhadas que colhiam das poças perto de seus portos, cujos fios os faziam se lembrar dos cabelos longos da própria Maia.

Estes bolinhos são dignos de uma foto. São menos complicados de preparar que o sushi tradicional, mas tão gostosos quanto. Sirva com molho de soja e wasabi. *Se quiser, também pode acompanhá-los com gengibre em conserva.*

Para 4 pessoas
Preparo 20 minutos

400 g de arroz de sushi cozido
tempero para arroz de sushi a gosto
4 folhas de alga tipo *nori*
100 g de salmão defumado
50 g de pepino em fatias bem finas

Para servir
molho de soja (*shoyu*)
raiz forte japonesa (*wasabi*)

1. Tempere o arroz a gosto com o tempero para arroz de sushi.

2. Coloque 2 folhas de alga em uma tábua. Espalhe ¼ do arroz por cima de cada folha, cubra com o salmão defumado e depois com o pepino. Com uma colher, espalhe o restante do arroz e depois cubra com as folhas de alga restantes. Pressione bem para grudar as camadas.

3. Corte em 4 triângulos e sirva com o molho de soja e o *wasabi*.

Patê de caranguejo de Lindon

Tolkien imaginou a Terra-média como uma Europa alternativa – de um tempo e dimensão mitológicos muito anteriores ao tempo presente. O famoso mapa da Terra-média era, até certo ponto, baseado no da Europa, com o Condado, por exemplo, sendo correspondente às Midlands Ocidentais da Inglaterra e as Minas Tirith correspondentes à Roma mediterrânea. Mas e quanto a Beleriand, a terra élfica da Primeira Era que, ao final de *O Silmarillion*, é em grande parte submersa pelo oceano e cujas regiões remanescentes – Forlindon e Harlindon – estão, no momento dos eventos de *O Senhor dos Anéis*, a oeste do Condado, a norte e sul do Golfo do Lûn? A geografia de Lindon remete fortemente à do País de Gales e à do sudoeste da Inglaterra, profundamente dividida pelo Canal de Bristol, enquanto a terra perdida de Beleriand pode ser uma referência às terras perdidas de Lyonesse, além da costa da Cornualha – diz a lenda que a região foi engolida pelo oceano em uma só noite –, e também ao reino submerso de Cantre'r Gwaelod, na Baía de Cardigan, no País de Gales.

Assim como a geografia palimpséstica da Terra-média, esta receita simples feita com carne fresca de caranguejo remete simultaneamente ao litoral selvagem e rochoso de Lindon e também ao da Cornualha e do País de Gales.

Este patê de caranguejo é muito versátil: para preparar canapés rápidos e impressionantes, você pode servi-lo em blinis – panquequinhas russas – normais ou mini. Ou, como entrada em um jantar festivo, distribuí-lo em ramequins individuais e servi-lo com triângulos de torrada integral e gomos de limão-siciliano para espremer por cima.

Para 4-6 pessoas
Preparo 10 minutos

30-36 blinis prontos em tamanho coquetel
275 g de carne branca de caranguejo
125 g de cream cheese
1 ou 2 colheres (chá) de molho tipo *sweet chili* a gosto (opcional)
2 ou 3 colheres (chá) de suco de limão-siciliano a gosto
sal e pimenta
cebolinha francesa ou coentro, cortado em pedacinhos com uma tesoura (opcional)

1. Embrulhe os blinis em papel-alumínio e coloque-os no forno preaquecido a 180°C, ou de acordo com as instruções do pacote.

2. Enquanto isso, coloque os outros ingredientes em uma tigela e amasse-os com um garfo até atingir a consistência desejada. (Isso também pode ser feito em um processador, se preferir.) Tempere a gosto.

3. Sirva esse patê com os blinis aquecidos, decorando com cebolinha ou coentro, se quiser.

Pizza branca da Elwing

A esposa de Eärendil (página 58) é a princesa meia-elfa Elwing, cujo nome significa "espuma do mar" e que era chamada de "A Branca". Sua história faz lembrar as muitas metamorfoses de humanos em animais encontradas na mitologia grega e parece ser inspirada no conto de Ceix e Alcíone, escrito por Ovídio em sua obra *Metamorfoses*. Enquanto seu marido estava no mar, Elwing foi deixada em posse de uma das Silmarils e, para escapar dos filhos de Fëanor que tinham ido buscá-la, Elwing se atira de um promontório, mas é transformada em uma grande ave marinha branca. Assumindo essa forma, ela voa pelo oceano ao encontro do marido. Tolkien não especifica que tipo de ave ela se torna, mas pela descrição podemos imaginar algo como uma versão grande de uma gaivota ou albatroz, aves normalmente respeitadas por marinheiros.

Esta pizza maravilhosa, toda coberta de branco, por causa da muçarela, é nossa homenagem a essa corajosa heroína.

Para um almoço ou jantar super-rápido, prepare uma pizza sem complicações, usando bases prontas de massa. Use esta receita como modelo e liberte sua criatividade na hora de variar os ingredientes da cobertura. Algumas opções boas são azeitonas, anchovas em conserva, alcaparras, passata de tomate, pimentas, pimentões fatiados, cogumelos, presunto, queijos azuis e pepperoni.

Para 4 pessoas

Pré-preparo + cozimento 15 minutos

4 bases prontas para pizzas individuais
2 dentes de alho cortados ao meio
250 g de queijo muçarela ralado grosso
150 g de presunto cru tipo parma, fatiado
50 g de folha de rúcula
vinagre balsâmico
sal e pimenta

1. Esfregue a superfície superior das bases de pizza com as faces cortadas dos dentes de alho.

2. Coloque as bases de pizza em uma assadeira, cubra com muçarela e asse no forno preaquecido a 200°C por 10 minutos, até que as bases estejam douradas.

3. Cubra as pizzas com fatias de presunto cru e folhas de rúcula, tempere a gosto com sal, pimenta e um fio de vinagre balsâmico. Sirva imediatamente.

Bolinhos de bacalhau do Fingolfin

O desejo de vingança de Fëanor contra Morgoth, que roubou a criação mais preciosa desse elfo ferreiro, as Silmarils (veja nas páginas 25, 61 e 120), leva ao fratricídio em Alqualondë e à fuga dos noldor de Valinor logo em seguida. Enquanto Fëanor e seus filhos saem furtivamente nos barcos dos teleri a fim de perseguir Morgoth até a Terra-média, seu povo, liderado por seu meio-irmão Fingolfin, precisa realizar a jornada caminhando pelos mares congelados no extremo norte, o Helcaraxë – uma trajetória de muitas adversidades que causa a morte de muitos, inclusive da esposa de Fingolfin.

Não é difícil imaginar Fingolfin e seu povo como se fossem os primeiros vikings, explorando e povoando as regiões ao norte do Atlântico e chegando, aparentemente, à Terra Nova (embora eles preferissem fazer isso com barcos, claro). Um dos alimentos básicos que os vikings levavam consigo para se sustentar em lugares distantes era peixe seco (*harðfiskur*, em islandês), preservado por desidratação ao ar livre e pendurado em suportes de madeira, podendo durar vários anos. Talvez Fingolfin e seu povo também tivessem levado esses suprimentos consigo e, de tempos em tempos, animavam-se com um prato reconfortante como este antes de encarar a próxima etapa de sua jornada extenuante rumo ao exílio e à incerteza.

continua na próxima página ⇛

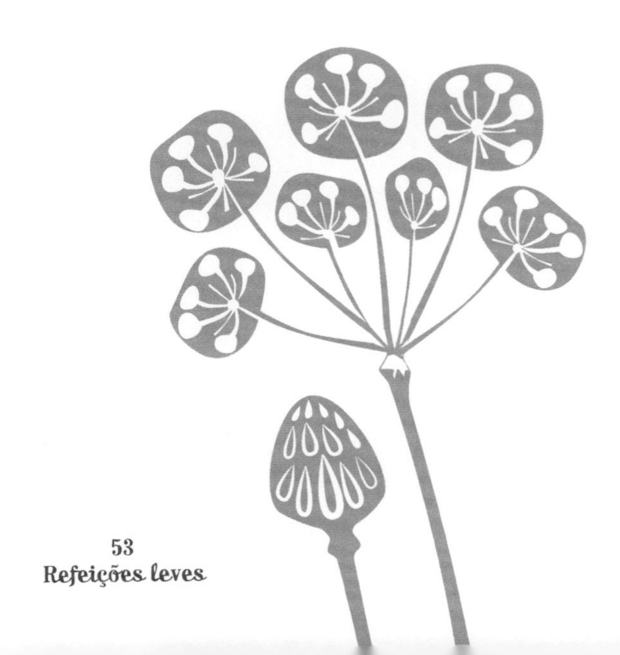

Estes bolinhos, crocantes por fora e fofinhos por dentro e com pedaços suculentos de bacalhau, são deliciosos quando servidos fumegantes com drinques ou como entrada. Sirva com gomos de limão-siciliano para espremer por cima e, para uma ocasião ainda mais permissiva, talvez uma tigela de maionese cremosa com alho para mergulhar.

Para 4 pessoas

Pré-preparo + cozimento 50 minutos, além do tempo para demolhar e descansar

1 posta (250 g) de bacalhau
400 g de batata descascada e cortada em quartos
1 chalota ralada
1 gema
1 maço de salsinha picado
farinha para polvilhar
óleo vegetal para fritar
sal
gomos de limão-siciliano para servir

1. Deixe o bacalhau de molho em água fria na geladeira por 24-48 horas, dependendo da espessura da posta, trocando a água pelo menos duas vezes. Escorra, depois coloque o peixe em uma panela e cubra com água nova e fresca. Aqueça só até atingir a fervura, então tire a panela do fogo e deixe descansar por 15 minutos.

2. Enquanto isso, cozinhe as batatas em outra panela grande, cheia de água fervente levemente salgada, por 15 minutos, até que estejam macias. Escorra bem, depois devolva as batatas à panela e amasse-as até obter um purê homogêneo. Escorra o bacalhau, descarte qualquer espinha e pele e desmanche-o em pedaços pequenos. Esprema qualquer excesso de água da chalota ralada. Misture o purê de batata com o bacalhau, a chalota, a gema e a salsinha. Use as mãos para moldar a mistura em 16 bolinhos em forma oval e polvilhe com farinha por todos os lados.

3. Coloque pelo menos 7 centímetros de óleo em uma panela grande e funda ou em uma fritadeira de imersão e aqueça a 180-190°C, ou até que um cubo de pão doure em 30 segundos. Frite os bolinhos por imersão em 2 ou 3 levas por cerca de 3 minutos, até que estejam dourados. Retire-os com uma colher vazada ou escumadeira. Deixe escorrer em papel-toalha e mantenha-os aquecidos enquanto frita o restante dos bolinhos.

4. Sirva quente com gomos de limão-siciliano para espremer por cima.

Pato do Legolas em barquinhos de alface

Em *O Senhor dos Anéis*, o senhor de Lothlórien, Celeborn, equipa a Sociedade com três barcos élficos para ajudá-la em sua jornada para o sul pelo Veio de Prata (página 48) e depois pelo Grande Rio em direção a Gondor. Tolkien descreve que os barcos são feitos de uma madeira cinzenta, mas são muito leves e impulsionados por remos curtos com pás parecidas com folhas – e um tanto difíceis de conduzir, mesmo flutuando com muita facilidade. É uma descrição que pode nos lembrar dos antigos barcos da Grã-Bretanha e da Irlanda, cobertos por palha e couro – o *currach* irlandês e o *coracle* galês –, barcos frágeis que supostamente foram usados pelos santos errantes das ilhas quando viajavam entre comunidades espalhando a palavra de Deus.

Este nosso prato com inspiração asiática usa barquinhos de folha de alface onde navegam porções de pato levemente condimentado – uma ave que, incidentalmente, talvez prosperasse nas margens juncosas do Anduin e que Legolas, um exímio atirador, facilmente conseguiria caçar com seu arco. Entretanto, ele provavelmente teria mais dificuldade em conseguir alguns dos outros ingredientes que usamos aqui.

O ingrediente essencial desta aromática e encorpada salada com carne de pato quente é o tempero chinês de cinco especiarias: uma mistura reconfortante de erva-doce, cravo, anis--estrelado, cássia (canela-chinesa) e gengibre. Para uma refeição mais substanciosa, sirva o pato sobre macarrão chinês, talvez acompanhado com acelga cozida no vapor, de preferência do tipo bok choi.

Para 4 pessoas

Pré-preparo + cozimento 30 minutos

2 colheres (sopa) de óleo de gergelim
2 peitos de pato (cerca de 175 g cada) cortados em tiras finas
2 colheres (chá) de tempero chinês de cinco especiarias
2 colheres (sopa) de molho de soja escuro (mais denso e viscoso)
2 colheres (sopa) de mel translúcido
2 colheres (sopa) de sementes de gergelim tostadas
8 folhas de alface-romana *baby*

Para decorar

4 cebolinhas bem picadas
1 cenoura pequena descascada e ralada

1. Aqueça o óleo em uma frigideira de fundo grosso. Misture a carne com o tempero chinês em uma tigela e então frite em fogo alto por 8-10 minutos, até que esteja cozida e crocante. Acrescente o molho de soja e o mel e cozinhe por mais 2 minutos, para que a carne fique coberta com um molho denso e reluzente. Polvilhe com o gergelim e mantenha aquecido.

2. Lave e seque as folhas de alface delicadamente e disponha-as em uma travessa para servir. Coloque colheradas do pato dentro das folhas e decore cada uma com a cebolinha e a cenoura.

Pastéis assados do Vingilótë

O meio-elfo Eärendil, pai de Elrond e Elros, é a figura salvadora dos elfos e dos homens de Beleriand que partem em direção a Valinor para buscar ajuda dos Valar em sua luta contra Morgoth na Terra-média. Ele, na verdade, foi o primeiro personagem que Tolkien imaginou na sua mitologia ainda em desenvolvimento, e sua origem se encontra na deflagração da Primeira Guerra Mundial, com a Europa no caminho precipitado de sua própria destruição. Em seu poema relatando a história da jornada de "Éarendel", Tolkien descreve que o herói se torna a Estrela da Noite e da Manhã, um símbolo de esperança e ressurreição.

O barco de Eärendil é o Vingilótë, que, seguindo as orientações de Círdan, foi construído a partir de madeira branca de faia e equipado com velas prateadas. Comovidos com as súplicas dos elfos e dos homens, os Valar aceitam o pedido e iniciam uma guerra total contra Morgoth. O barco de Eärendil, abençoado pelos Valar, é erguido no ar, e, com uma das Silmarils disposta em sua testa, o piloto meio-elfo participa da grande batalha final – a Guerra da Ira –, abatendo o dragão Ancalagon. Eärendil, como Estrela da Noite e redentor, tem uma clara relação com Jesus Cristo, que nas Revelações é chamado de a "resplandecente estrela da manhã", mas Tolkien também pode ter se inspirado na constelação grega chamada Argo Navis ("o navio de Argo"), que comemorava o navio mágico de Jasão e os Argonautas.

Nossos pastéis assados em forma de barcos celebram Vingilótë – podemos até mesmo imaginar Eärendil comendo uma destas deliciosas guloseimas a bordo de seu barco a cada noite de sua jornada sob os céus.

Estes pastéis assados, cheios de vegetais coloridos, ficam deliciosos quando servidos quentes ou frios com uma salada. Também são ideais para piqueniques e outras ocasiões que não envolvam talheres. Para uma versão mais carnuda, substitua os pimentões por 50 g de presunto em cubos na mistura de tomate depois que esfriar.

Rende 4 unidades

Pré-preparo + cozimento 1 hora

1 colher (sopa) de azeite
1 cebola picada
2 dentes de alho bem picados
1 abobrinha em cubos
½ pimentão amarelo sem semente cortado em cubos
½ pimentão vermelho sem semente cortado em cubos
1 lata (400 g) de tomate pelado picado
1 colher (sopa) de alecrim ou manjericão picados
½ colher (chá) de açúcar refinado
1 ovo batido para pincelar
sal e pimenta

Para a massa

175 g de farinha de trigo para panificação e mais um pouco para polvilhar
75 g de manteiga em cubos
75 g de queijo cheddar maturado em cubos e mais um pouco, ralado, para salpicar
2 gemas
2 colheres (chá) de água

1. Aqueça o azeite em uma panela, coloque a cebola e refogue por 5 minutos até que esteja macia. Junte o alho, a abobrinha, os pimentões e refogue rapidamente, depois acrescente os tomates, as ervas, o açúcar e um pouco de sal e pimenta. Cozinhe em fervura branda sem tampar por 10 minutos, mexendo de tempos em tempos até engrossar. Deixe esfriar.

2. Para a massa, coloque a farinha, a manteiga e um pouco de sal e pimenta em uma tigela. Esfarele a manteiga com as pontas dos dedos até obter uma farofa com grumos miúdos. Junte o queijo e misture. Acrescente as gemas, a água e misture até obter uma massa uniforme.

3. Sove de leve em uma superfície enfarinhada e corte a massa em 4 pedaços. Abra um dos pedaços entre 2 folhas de plástico-filme, apertando para uniformizar até conseguir um círculo de 18 centímetros de diâmetro. Tire a folha superior de plástico-filme, coloque ¼ do recheio no centro, pincele as bordas com o ovo batido e dobre o círculo ao meio sem tirar o plástico inferior.

4. Desgrude a massa do filme e transfira-a para uma assadeira untada. Pressione bem as bordas para fechar qualquer abertura que tenha surgido na massa. Repita o processo com o restante da massa e do recheio até ter 4 pastéis prontos.

5. Pincele com ovo batido, polvilhe com um pouco mais de queijo e asse em forno preaquecido a 190°C por 20 minutos, até que estejam dourados. Tire da assadeira e transfira para uma grade de resfriamento.

Filé dos magos azuis

Um dos grandes mistérios não resolvidos das lendas de Tolkien é o que acontece com os dois Istari (magos) que vestem mantos azuis. Diferente de Gandalf, Saruman e Radagast, os azuis acabam indo para o leste da Terra-média. Em Valinor, o Maia Alatar estava a serviço de Oromë, assim como provavelmente seu amigo, Pallando, então pode ter sido perfeitamente natural que eles tenham explorado pessoalmente as regiões orientais, os velhos refúgios de seu mestre, o Caçador. Tolkien não revelava muito sobre o destino deles, sugerindo que podem ter falhado em sua missão, como Saruman, e se tornado fundadores de cultos obscuros. Preferimos pensar, porém, que permaneceram fiéis, realizando seu papel na luta dos Povos Livres da Terra-média, na porta dos fundos de Sauron. Também tomaram conta do "gado solar" de Oromë e aproveitaram para usufruir de um ocasional filé do Gado de Araw.

Quando estiver em busca de um almoço rápido e delicioso, estes bifes suculentos com molho picante são ideais. Só precisam ser acompanhados de uma salada crocante e fresca ou, se quiser algo mais substancioso, algumas batatas bolinha ou fritas.

Para 4 pessoas

Pré-preparo + cozimento 20 minutos

2 colheres (sopa) de azeite
4 bifes (175 g cada) de filé-mignon ou contrafilé
2 colheres (sopa) de vinagre balsâmico
75 ml de vinho tinto encorpado
4 colheres (sopa) de caldo de carne
2 dentes de alho picados
1 colher (chá) de sementes de erva-doce esmagadas
1 colher (sopa) de purê de tomates secos
½ colher (chá) de pimenta calabresa em flocos
sal e pimenta
salsinha picada para finalizar

1. Aqueça o azeite em uma frigideira antiaderente até que esteja soltando fumaça. Coloque os bifes e cozinhe em fogo bem alto por cerca de 2 minutos de cada lado, se quiser que fiquem ao ponto para malpassados; para filés mais bem-passados, cozinhe por 4-5 minutos de cada lado. Tire da frigideira, tempere com sal e pimenta e mantenha aquecido.

2. Despeje o vinagre, o vinho e o caldo na frigideira e ferva por 30 segundos, raspando a crosta grudada no fundo. Acrescente o alho e a erva-doce, dissolva o purê de tomates secos e também a pimenta. Deixe o molho ferver intensamente para reduzi-lo até que ganhe consistência de xarope.

3. Transfira os bifes para os pratos onde quer servi-los e despeje os sucos da carne dentro do molho. Deixe-o ferver mais uma vez e tempere com sal e pimenta.

4. Se quiser, fatie a carne antes de servir. Coloque o molho sobre a carne e sirva imediatamente, decorando com salsinha picada.

Abóbora picante ao forno do Fëanor

Um dos protagonistas de *O Silmarillion*, Fëanor é um elfo noldorin orgulhoso e temperamental, que também é o maior ferreiro e artesão entre os elfos. Seu tipo é muito similar aos "heróis culturais" encontrados em tantas mitologias do mundo real – como Prometeu na mitologia grega ou Coiote nos mitos dos nativos norte-americanos –, heróis que desafiam os deuses para trazer tecnologias novas ou proibidas para o mundo. Fëanor criou não só as Silmarils – as pedras preciosas de beleza transcendental que são o leitmotiv de *O Silmarillion* –, mas também a escrita tengwar, da qual vemos exemplos em *O Hobbit* e *O Senhor dos Anéis*.

Assim como Prometeu, o joalheiro Fëanor é muito associado ao fogo – até mesmo seu nome significa "espírito de fogo". Seu temperamento instável traz desastres ao seu povo, os noldor, que precisa viver em exílio na Terra-média por culpa do orgulho e da sede amarga de Fëanor por vingança. Este prato assado, com suas cores que lembram joias e sua picância de formigar a boca, é uma homenagem perfeita a esse herói talentoso (porém falho) da Primeira Era.

A beterraba de sabor terroso e a abóbora adocicada formam um contraste perfeito com o queijo de cabra cremoso e levemente ácido neste prato vegetariano preparado em um só recipiente. O trabalho manual necessário é pouquíssimo, então é ideal para um jantar leve no meio da semana. A beterraba manchará suas mãos, então talvez você queira usar luvas de borracha na hora de descascar e picar.

Para 4 pessoas

Pré-preparo + cozimento 50 minutos

400 g de beterraba crua descascada e cortada em cubos
625 g de abóbora-moranga ou *butternut* descascada, sem semente e cortada em cubos um pouco maiores que a beterraba
1 cebola roxa cortada em gomos
2 colheres (sopa) de azeite
2 colheres (chá) de sementes de erva-doce
½ colher (chá) de flocos de pimenta *chipotle*
2 queijos de cabra pequenos (100 g cada)
sal e pimenta
alecrim picado para finalizar

1. Coloque os vegetais em uma assadeira, regue-os com o azeite e salpique a erva-doce, os flocos de pimenta, o sal e a pimenta-do-reino. Asse no forno preaquecido a 200°C por 20-25 minutos, virando uma vez até que os vegetais estejam dourados e macios.

2. Corte os queijos de cabra em terços e encaixe-os no meio dos vegetais assados. Tempere os pedaços de queijo com sal e pimenta e regue com um pouco dos sucos da assadeira.

3. Leve de volta ao forno e asse por cerca de 5 minutos, até que o queijo comece a derreter. Polvilhe com alecrim e sirva imediatamente.

Tortinha de aspargos da Lúthien

A história do mortal Beren e da elfa Lúthien é uma das mais importantes no *legendarium* de Tolkien – um conto presente em *O Silmarillion*, mas também contado brevemente por Aragorn a Frodo em *O Senhor dos Anéis*. Eles são um casal arquetípico como Tristão e Isolda ou Orfeu e Eurídice, cujas histórias têm algumas semelhanças marcantes, e seu amor persistente contra todas as adversidades – um pai resistente, um senhor das trevas vingativo e até mesmo a morte – antecipa o amor de seus descendentes Aragorn e Arwen no romance épico de Tolkien.

Para o autor, Lúthien também representava a idealização e a celebração de seu próprio grande amor, sua esposa Edith, que é até mesmo chamada de Lúthien na lápide conjunta da família Tolkien no cemitério Wolvercote, em Oxford, enquanto o escritor é chamado de Beren. Nas suas histórias, Lúthien é a mais bela dos elfos e é muito associada à primavera – flores desabrocham sob seus pés enquanto passa, e dizem que sua voz derrete o gelo e afasta o frio do inverno. Logo, que prato seria melhor para homenagear a heroína de Tolkien do que uma torta feita de aspargos, cujos caules verdes aparecem muito brevemente durante a primavera?

Sirva esta deliciosa tortinha de aspargos ainda quente, coberta com raspas de queijo parmesão e folhas de rúcula, ou então – para uma torta digna de comer com os olhos – deixe esfriar e cubra com um punhado de flores comestíveis. Busque misturas de flores comestíveis, como escovinha, amor-perfeito e capuchinha, junto dos vegetais refrigerados em supermercados.

Para 2 pessoas

Pré-preparo + cozimento 25 minutos

125 g de aspargo verde sem a base mais fibrosa
½ folha de 375 g de massa folhada pronta
1 colher (sopa) de molho pesto pronto
4 tomates-cereja cortados ao meio

Para servir (opcional)
raspas de queijo parmesão
folhas de rúcula
redução de vinagre balsâmico
flores comestíveis

1. Cozinhe os aspargos em uma panela com água fervente levemente salgada por 2 minutos. Escorra e enxágue em água fria, depois escorra novamente.

2. Coloque a massa em uma assadeira. Espalhe o molho pesto uniformemente sobre a massa, deixando uma borda de 1 centímetro sem molho nas beiradas. Distribua os aspargos sobre o pesto. Coloque os tomates por cima.

3. Asse no forno preaquecido a 200°C por 15-20 minutos, até que a massa esteja crocante e dourada. Sirva quente, com raspas de queijo parmesão, folhas de rúcula e um fio de calda de vinagre balsâmico reduzido, ou então em temperatura ambiente, com flores comestíveis por cima.

Abacate dos jardins de Lórien

Abacates são tão comuns hoje em dia – servidos com torradas no café da manhã e incrementados com coentro e pimenta, na forma de guacamole – que é fácil esquecer sua origem na Mesoamérica antiga. No século XVI os conquistadores europeus os provaram pela primeira vez, e de fato gostaram da fruta, mas foi só no final do século XX que se tornaram realmente comuns nos supermercados da Europa. Desde então, viraram o ingrediente supremo de todo *hipster*.

Se abacates eram vistos com admiração e empolgação nos subúrbios da década de 1970, imagine como seriam vistos na cidade de Minas Tirith, em Gondor, na Terceira Era, ou mesmo em Edoras, a capital de Rohan com suas construções de madeira em estilo anglo-saxão. Eles simplesmente não têm lugar nas culinárias da Terra-média. Contudo, talvez possamos encontrar um lugar para eles em Aman, o continente similar à América na criação de Tolkien, do outro lado dos Mares Divisores, crescendo com exuberância nos jardins de Lórien em Valinor e consumidos pelos mais altos dos altos elfos, os Vanya – "*hipsters* angelicais" de cabelos dourados, se é que já houve algo do gênero.

O abacate, rico em nutrientes e bom para o coração, é a estrela do show nesta versão simples de guacamole com sabor bem fresco. Sirva com tiras de pão sírio torrado ou chips de tortilha, ou então – para manter o tema saudável – com bolachinhas de aveia (como os oatcakes *britânicos) e bastões de vegetais crus, como pepinos, pimentões e cenouras.*

Para 4 pessoas
Preparo 10 minutos

2 abacates descascados, sem caroço e picados
suco de 1 limão
6 tomates-cereja em cubos
1 colher (sopa) de folhas de coentro picadas
1 ou 2 dentes de alho amassados

1. Coloque os abacates e o suco de limão em uma tigela e misture enquanto amassa para evitar a oxidação. Depois junte o restante dos ingredientes.

2. Sirva imediatamente.

Jantar em Valinor

A classificação dos elfos feita por Tolkien é altamente complexa, refletindo, em parte, a forte sensação de identidade que seus elfos possuíam. Eles não só parecem ter um orgulho fortíssimo de seu povo (teleri, noldor ou vanyar), como também têm total ciência da divisão marcante entre aqueles que foram a Aman (o "Reino Abençoado") e viram a luz das Duas Árvores – os caliquendi ("elfos da luz") – e os que não o fizeram – os moriquendi ("elfos da escuridão") –, seja porque se recusaram explicitamente a obedecer ao chamado dos Valar (os avari), seja por terem interrompido sua jornada por vários motivos (os úmanyar – "aqueles que não são de Aman").

Na Arda ("Terra") de Tolkien, Aman era originalmente um continente localizado ao oeste da Terra-média, do outro lado do grande mar, Belegaer. Embora seja o lar dos imortais Valar e Maiar – as entidades superiores e inferiores de Tolkien – e de muitos dos elfos, também imortais, e portanto conhecido como as Terras Imortais, é um lugar "real", físico, com sua própria geografia, flora e fauna, assim como a Terra-média. Ao final da Segunda Era, após a queda de Númenor e a mudança catastrófica de Arda, que passou de plana a esférica, o continente de Aman é removido do mundo completamente e é alcançável apenas pelos elfos (e alguns poucos outros), navegando ao longo do Caminho Reto, metade no mar, metade no céu.

Por essa questão cosmológica, Aman não pode ser as Américas – que, de qualquer forma, também é fisicamente diferente do continente dos Valar. No entanto, a concepção de Aman por Tolkien sem dúvida foi influenciada pelas Américas, que nos primeiros séculos após sua "descoberta" pelos europeus em 1492 foram descritas como um paraíso, uma terra prometida de paz e abundância. As descrições que Tolkien faz de Valinor – a terra dos Valar em Aman, com as Duas Árvores se erguendo aos céus e os jardins de Lórien parecidos com o Éden – podem nos lembrar da descrição hiperbólica de Cristóvão Colombo (em 1493) da Ilha de Hispaniola, com suas "montanhas tão grandiosas [...]; todas tão maravilhosas e de milhares de formas, e todas acessíveis, e cheias de árvores de milhares de tipos, [onde] o rouxinol e outros milhares de pássaros estavam cantando". Essa descrição, e muitas outras como ela em décadas posteriores, surtiu efeito

em uma Europa em sofrimento por guerras e escassez, ajudando a alimentar ondas e ondas de migração e estabelecimento de colônias. No *legendarium* de Tolkien, Aman tem um caráter similar, uma "terra de leite e mel" entre os povos da Terra-média, especialmente entre os elfos, claro, que sentem um impulso incessante de velejar para o oeste, para o outro lado do mar, e encontrar a utopia de seus corações.

Portanto, até agora, e pelo restante deste livro de receitas, imaginamos um continente de Aman que é ao mesmo tempo similar e diferente da América, com oferta de alimentos que, sinceramente, são impossíveis na Terra-média: todos os ingredientes do Novo Mundo que consideramos comuns hoje em dia, como batatas, tomates, mirtilos americanos, abóboras-morangas etc. (Tolkien tomou liberdades similares com a lógica de seu mundo, permitindo a presença abundante tanto da batata quanto da planta do tabaco na flora da sua Terra-média, que representa o "Velho Mundo", então não hesitaremos também!) Seguindo essa base, tentamos elaborar algo que poderia ser a culinária amaniana, imaginando alimentos e bebidas dos elfos de Aman e, até mesmo, em algumas ocasiões, dos próprios Valar.

Pratos principais

Todos são eternamente famintos em *O Hobbit* – sejam eles o protagonista do título, um anão, um mago, uma aranha, um goblin, um dragão... ou até mesmo um elfo. Os personagens e os monstros que eles encontram parecem sempre estar pensando em comida e imaginando qual será sua próxima refeição. Em parte, isso é porque *O Hobbit* é um livro para crianças – e elas adoram ler sobre comida (mas, sejamos sinceros, quem é que não gosta?) –, e também porque Bilbo, como um bom exemplo de hobbit, leva comida muito a sério, e é o ponto de vista dele que seguimos na história. Em sua perspectiva hobbit-cêntrica, todo mundo deve estar pensando com o próprio estômago.

De qualquer maneira, podemos nos chocar um pouco ao descobrir que os elfos também têm bastante apetite, especialmente ao ler *O Hobbit* com alguns preconceitos tirados de uma leitura prévia de *O Senhor dos Anéis* ou, sobretudo, de *O Silmarillion*. Eles seriam etéreos e misteriosos demais para ter algo tão simplório quanto um apetite, não acha? Mesmo assim, em *O Hobbit*, nós os vemos, repetidamente, banqueteando, devorando e, ainda mais, falando e cantando sobre comida... E não qualquer uma, mas sim comida propriamente dita, pesada, de encher o estômago – bolinhos de carne, pães e vinho tinto encorpado.

Nesta seção do livro, portanto, você encontrará pratos, desde os mais substanciosos até os mais refinados, que satisfariam os elfos do jeito que foram retratados em *O Hobbit*. Contudo, achamos que os elfos de Beleriand ou Lothlórien jamais fariam pouco caso destas receitas.

Cozido de raízes de Eregion

O nome deste gostoso e reconfortante cozido vem do reino noldor de Eregion, que fica logo a oeste das Montanhas Nevoadas e do reino anão de Moria. É lá que, durante a Segunda Era, Sauron engana os joalheiros élficos – os Gwaith-i-Mírdain, liderados por Celebrimbor, neto de Fëanor (página 61) – para que fabriquem os Anéis de Poder (página 79). Em *O Senhor dos Anéis*, a Sociedade passa por essa região, mas ela já havia sido destruída séculos antes – um dos muitos reinos devastados ou arruinados, élficos, anões ou dos dúnedain, que assombram a Terra-média de Tolkien. É quase como se ele estivesse recriando uma Grã-Bretanha durante a "Idade das Trevas", suas colinas cobertas de ruínas melancólicas do passado romano.

Enquanto passava por Eregion, a Sociedade pode muito bem ter comido um cozido destes, preparado com raízes apanhadas na natureza, enquanto todos se sentavam nas ruínas da casa da guilda de Celebrimbor, onde, muito tempo antes, os Anéis de Poder foram forjados.

Conforto em uma tigela fumegante: é isso que você vai querer comer depois de uma caminhada rápida em um dia frio. O cozido congela tão bem que você pode dobrar as quantidades e fazer bastante de uma vez só.

Para 4 pessoas
Pré-preparo + cozimento 1 ½ hora

100 g de cevadinha
2 colheres (sopa) de azeite
1 cebola grande bem picada
2 alhos-porós aparados, limpos e bem picados
1 talo de aipo bem picado
750 g de raízes e tubérculos, como cenoura, batata, nabo, pastinaca e rutabaga, em cubos uniformes
1,2 litro de caldo de legumes
1 *bouquet garni*
sal e pimenta

1. Leve uma panela alta e grande de água à fervura e adicione a cevadinha. Cozinhe lentamente em fervura branda por 30 minutos. Escorra bem.

2. Enquanto isso, aqueça o azeite em uma panela alta, grande e de fundo grosso em fogo médio-baixo, coloque a cebola, o alho-poró e o aipo e refogue lentamente por 8-10 minutos, ou até que os ingredientes estejam macios, mas não dourados. Junte as raízes e os tubérculos e cozinhe por mais 5 minutos, mexendo com frequência.

3. Despeje o caldo de legumes, coloque o *bouquet garni* e leve à fervura. Junte a cevadinha, misture, reduza o fogo e cozinhe em fervura branda por 25-30 minutos, ou até que tanto os vegetais quanto a cevadinha estejam macios. Tire o *bouquet garni* e tempere a gosto com sal e pimenta. Distribua em tigelas e sirva.

Cozido de feijão-branco dos vanyar

Tolkien descreve Valinor – parte Novo Mundo, parte paraíso – como uma terra de abundância. Sua paisagem característica é o jardim, a natureza perfeita e arrumada, como exemplificado pelos jardins de Lórien, um pouco mais ao sul dessa terra. Lórien parece ser majoritariamente ornamental – com flores e árvores cultivadas, acima de tudo, por sua beleza agradável –, mas podemos imaginar que os vanyar – os "belos elfos" que vivem em Valinor – também possuíam hortas com mais utilidade prática. Por serem elfos do Novo Mundo, podemos imaginá-los de modo similar aos povos mesoamericanos, que, por séculos antes da conquista europeia, plantavam para produzir o trio clássico de produtos: milhos, abóboras e feijões.

Cuidar de um paraíso requer muito trabalho, e este cozido rápido e fácil de feijão-branco seria um prato muito bem-vindo por qualquer um dos vanyar, rei ou súditos, depois de um dia de trabalho árduo nos jardins.

Este cozido vegano de feijão-branco é perfeito para nos aquecer no inverno e também não pesa no bolso. Você pode variar o tipo de feijão, dependendo do que tiver em sua despensa – feijão-rajado e feijão-de-lima funcionam especialmente bem. Sirva com pão de casca firme ou por cima de batatas assadas.

Para 4 pessoas

Pré-preparo + cozimento 30 minutos

3 colheres (sopa) de azeite
1 cebola pequena picada
2 dentes de alho bem picados
2 cenouras descascadas e cortadas em cubos
1 colher (sopa) de alecrim, só as folhas separadas e picadas
2 latas de 400 g de feijão-branco enxaguado e escorrido
600 ml de caldo de legumes
sal e pimenta

1. Aqueça o azeite em uma frigideira grande de fundo grosso e cozinhe a cebola com o alho, a cenoura e o alecrim em fogo médio, mexendo de tempos em tempos, por 3-4 minutos, até que estejam mais macios.

2. Junte o feijão-branco, o caldo de legumes e leve à fervura. Cozinhe em fervura branda rapidamente, sem tampar, por 10 minutos, até que esteja bem fumegante, então use uma concha para retirar cuidadosamente um terço do feijão.

3. Coloque num processador e bata até ficar homogêneo. Volte a massa de feijão para a frigideira, mexa para misturar bem e aqueça. Tempere a gosto e sirva.

Curry de lentilha e feijão dos moriquendi

Os noldor parecem usar o termo "moriquendi" como um insulto aos avari, talvez porque tenham recusado explicitamente a atender aos chamados dos Valar (página 66). A maioria dos avari retornam essa hostilidade. Tolkien não sugere em lugar algum que os avari sejam malignos, embora antigamente alguns tenham sido capturados, corrompidos e procriados para criar a raça dos orcs, que certamente são.

Este prato surpreendente de lentilha e feijão é nosso tributo aos elfos escuros – aquele povo esquecido e reservado –, com cores intensas e sabores asiáticos que remetem às florestas escuras do extremo leste da Terra-média.

Este prato de feijão-preto realmente entrega o que promete, tanto em sabor quanto em nutrição. É cheio de especiarias chamativas e contém muita fibra, proteína, ferro, vitaminas e antioxidantes. Não se esqueça de começar o preparo na noite anterior, colocando as lentilhas de molho.

Para 4 pessoas

Pré-preparo + cozimento 1½ hora, além do tempo para demolhar

125 g de lentilha preta (lentilha beluga) partida, enxaguada e escorrida
500 ml de água fervente
1 colher (sopa) de óleo de amendoim
1 cebola bem picada
3 dentes de alho amassados
2 colheres (chá) de gengibre fresco descascado e ralado fino
2 pimentas-verdes frescas cortadas ao meio no sentido do comprimento
1 colher (chá) de cada condimento: cúrcuma, páprica, cominho e sementes de coentro em pó
1 lata (400 g) de feijão-preto enxaguado e escorrido
500 ml de água fria
200 g de espinafre *baby*
um punhado grande de folhas de coentro picadas
sal
200 ml de iogurte natural sem gordura, batido para servir

1. Coloque a lentilha em uma tigela funda e cubra com água fria. Deixe de molho por 10-12 horas. Transfira para um escorredor e enxágue em água corrente. Escorra e coloque em uma panela média com a água fervente medida. Leve à fervura e reduza para fogo baixo.

2. Cozinhe lentamente em fervura branda por 35-40 minutos, tirando qualquer espuma que se forme na superfície com uma escumadeira e mexendo com frequência.

3. Aqueça o óleo em uma panela grande e cozinhe a cebola, o alho, o gengibre e as pimentas. Refogue por 5-6 minutos e então acrescente a cúrcuma, a páprica, o cominho, o coentro em pó, o feijão-preto e a lentilha.

4. Despeje a água fria medida e leve à fervura. Abaixe o fogo e junte o espinafre. Cozinhe cuidadosamente por 10-15 minutos, mexendo com frequência. Tire do fogo e tempere com sal a gosto. Misture o coentro picado e regue com o iogurte. Polvilhe um pouco de páprica e sirva imediatamente.

Dhal dourado do Gil-galad

Parte dos feitos e do encanto extraordinários da Terra-média de Tolkien é que ele criou não só o presente épico desse mundo – o final da Terceira Era, como apresentado nos livros *O Hobbit* e *O Senhor dos Anéis* –, mas também a história mitológica e os detalhes mais distantes, uma era heroica longínqua (a Primeira e Segunda Eras), como podemos ler em *O Silmarillion* e em outros títulos. Isso traz à sua obra uma sensação de grandiosidade e profundidade que a torna comparável aos grandes "épicos nacionais" que a inspiraram – da Ilíada de Homero ao "Beowulf" anglo-saxão, que também remetem a uma era dourada de heróis de poder sobrenatural.

Imponente dentro do panteão da Segunda Era encontra-se Gil-galad – "Estrela da Radiância" –, o último Alto Rei dos elfos, que derrota Sauron mas é morto em combate. Na Terceira Era, ele permanece como um símbolo de esperança e superação e é retratado em *O Senhor dos Anéis* como um herói mítico, tema de canções e histórias – especialmente quando Sam se lembra dos versos iniciais de um conto sobre ele, como Bilbo o havia ensinado quando pequeno: "Gil-galad foi um elfo-rei...".

A coloração deste prato é uma representação simbólica da memória dourada deste último grande rei dos elfos, enquanto cavalga com suas tropas contra Sauron, com escudos e estandartes erguidos.

Esta receita funciona tanto como um prato principal vegano para duas pessoas – despeje um pouco de iogurte vegetal misturado com um pouco de pasta de harissa e sirva com pão sírio tostado – quanto como acompanhamento para carnes e aves assadas ou grelhadas.

Para 2 pessoas
Pré-preparo + cozimento 45 minutos

2 colheres (sopa) de azeite
2 cebolas bem picadas
4 dentes de alho bem picados
2 colheres (chá) de cúrcuma em pó
2 colheres (chá) de feno-grego em pó
225 g de lentilha amarela seca enxaguada e escorrida
1 lata (400 g) de tomate pelado picado
2 colheres (chá) de açúcar
750 ml de água
um maço pequeno de coentro bem picado
sal e pimenta

1. Aqueça o azeite em uma panela grande, alta e de fundo grosso em fogo médio e refogue o alho e a cebola por 2-3 minutos, até amaciá-los um pouco. Acrescente a cúrcuma, o feno-grego, a lentilha e misture bem, depois junte os tomates e o açúcar.

2. Despeje a água medida e leve à fervura. Então, abaixe o fogo, tampe e cozinhe lentamente por cerca de 30 minutos, até que as lentilhas estejam macias, mas não se desfazendo. Despeje um pouco mais de água durante o processo, se for necessário. Coloque metade do coentro e tempere com sal e pimenta. Sirva decorado com o restante do coentro.

Mexilhões de Cuiviénen

O despertar dos elfos ocorre no extremo oriente da Terra-média, nas florestas ao redor da Baía de Cuiviénen, parte do Mar Interior de Helcar. O evento é brevemente descrito em *O Silmarillion* e foi assunto de uma obra tardia, e um tanto curiosa, conhecida como "Cuivienyarna". Essencialmente, isso faz parte do conhecimento arcaico dos elfos, descrevendo o crescimento exponencial do seu povo após o despertar inicial de pares de elfos, prosaicamente chamados no idioma quenya de "primeiro", "segundo" e "terceiro" – os antepassados dos vanyar, dos noldor e dos teleri.

Ao longo do tempo, os elfos aprendem, por tentativa e erro, os rudimentos da cultura: linguagem, poesia e música, com certeza; abrigo e vestimentas; fogo para se aquecer e, sem dúvida, também para cozinhar. Enquanto esses ingênuos elfos perambulavam pela costa do Helcar observando maravilhados aquele mundo novo onde se encontravam, é possível que também apanhassem mexilhões das rochas e depois os preparassem de forma bem simples, apenas com algumas ervas, como nesta receita, embora o vinho, admitidamente, estivesse um pouco longe no caminho da evolução dos elfos.

Comida não precisa ser algo complicado. Às vezes uma refeição simples feita num só recipiente é o ideal, e este clássico francês é um ótimo exemplo. Sirva com pão fresco de casca firme para raspar até a última gota do caldo do cozimento, aromatizado por alho e vinho.

Para 4 pessoas
Pré-preparo + cozimento 15 minutos

2 colheres (sopa) de azeite
2 dentes de alho picados
1,5 kg de mexilhões vivos, escovados e sem a barba
200 ml de vinho branco seco
um punhado de salsinha picada

1. Aqueça o azeite em uma panela grande. Coloque o alho e cozinhe por 30 segundos, até que esteja levemente dourado. Junte os mexilhões, descartando qualquer um que esteja rachado ou que não se feche quando tocado, e também despeje o vinho.

2. Tampe a panela e deixe cozinhar por 5 minutos, sacudindo-a de tempos em tempos, ou até que os mexilhões estejam abertos. Descarte qualquer um que permaneça fechado.

3. Junte a salsinha, misture e sirva imediatamente.

Lagosta grelhada da Ilha de Balar

Na Primeira Era, a Ilha de Balar fica ao sul de Beleriand, na Baía de Balar, e o mapa de Beleriand feito por Tolkien a descreve como tendo o formato de folha, com colinas baixas na ponta ao sul. De acordo com os contos dos elfos, ela era um fragmento de Tol Eressëa, a ilha flutuante que Ulmo usou para trazer os eldar para Aman (página 45). Durante as Guerras de Beleriand, ela se torna um refúgio para os elfos que escaparam da devastação – tanto os noldor vindos de Gondolin (página 31) quanto os falathrim de Círdan (página 21). Ela também se torna um lar para portos de onde os elfos saem com seus barcos para buscar o auxílio dos Valar, incluindo o Vingilótë de Eärendil.

Os refugiados sem dúvida dependiam do mar para seu sustento. Os falathrim, acostumados a viver na costa, deviam estar muito acostumados com a alimentação disponível, mas os elfos de Gondolin, um tanto mimados, nem tanto. Talvez esta lagosta deliciosa que ensinamos aqui pudesse ter encorajado os noldor a experimentar algo diferente.

Este prato de aparência incrível e surpreendentemente fácil de fazer é uma opção luxuosa para ocasiões especiais. Sirva com uma salada verde temperada com um molho vinagrete à base de limão para cortar um pouco os sabores intensos e talvez também com um pouco de pão de casca firme para passar no molho cremoso.

Para 4 pessoas

Pré-preparo + cozimento 25 minutos

100 g de manteiga amolecida
1 dente de alho amassado
1 colher (sopa) de suco de limão-siciliano
um punhado grande de salsinha picada
um punhado grande de cebolinha francesa picada
sal e pimenta
2 lagostas cozidas

Para servir
salada verde com erva-doce
gomos de batata assados ou fritos

1. Misture a manteiga com o alho, o suco de limão, as ervas e tempere com sal e pimenta. Coloque tudo em uma folha de plástico-filme, enrole em formato cilíndrico e torça as pontas para selar bem. Deixe no congelador por 5 minutos para endurecer um pouco.

2. Solte as garras das lagostas e quebre a casca com as costas de uma faca pesada para tirar a carne de dentro.

3. Corte o corpo de cada lagosta ao meio no sentido do comprimento. Lave a cavidade das cabeças com água fria e distribua a carne das garras entre elas.

4. Coloque as lagostas em uma frigideira para grelhados com o lado cortado para cima. Fatie a mistura feita com a manteiga e coloque por cima. Cozinhe por 5-7 minutos sob um gratinador ou um grill de forno preaquecido até que esteja borbulhando. Sirva com salada verde e gomos de batata assados ou fritos.

Truta de Lauterbrunnen

Uma das inspirações para Valfenda – o refúgio élfico alojado em um vale secreto nos sopés das Montanhas Nevoadas – foi o Lauterbrunnen, na Suíça, um vale alpino idílico de encostas escarpadas no cantão de Berna, famoso por suas nascentes e cachoeiras. Tolkien fez trilhas por esse vale quando era jovem em 1911 e pintou aquarelas que depois evoluiriam para suas representações – tanto literárias quanto artísticas – do vale verde e oculto de Elrond. O nome do rio que corre por Valfenda, o Bruinen, ou Ruidoságua, é uma brincadeira com o nome do vale suíço, cuja tradução parece ser tanto "muitas fontes" quanto "fontes barulhentas".

Os riachos do Lauterbrunnen são cheios de trutas – daí a inspiração para este prato de sabor fresco.

Uma receita confiável quando você precisa de um jantar pronto em pouco tempo. Este prato de truta fica maravilhoso com algumas batatas bolinha e aspargos na manteiga, ou então com uma salada verde bem fresca no verão. Ele também impressiona visualmente!

Para 4-6 pessoas
Pré-preparo + cozimento 30 minutos

3 colheres (sopa) de azeite
1,5 kg de truta carnuda cortada em 2 filés
1 limão-siciliano fatiado em rodelas
um punhado de ervas variadas bem picadas
sal

Para o molho tártaro
6 colheres (sopa) de maionese
2 colheres (chá) de alcaparras escorridas e picadas grosseiramente
1 cebolinha picada
1 colher (chá) de açúcar refinado
1 colher (chá) de mostarda com grãos inteiros (tipo *ancienne*)
suco de limão a gosto
um punhado de endro picado

1. Pincele uma assadeira grande com um pouco do azeite. Coloque 1 filé de truta com a pele para baixo e tempere com um pouco de sal. Cubra-o com as rodelas de limão e as ervas. Tempere o outro filé e coloque por cima, com a pele para cima.

2. Amarre o peixe com barbante culinário para que não desmonte. Regue com o restante do azeite. Coloque no forno preaquecido a 220°C por 25 minutos ou até que esteja totalmente cozido.

3. Enquanto isso, misture bem os ingredientes do molho tártaro e coloque em uma tigela para servir. Sirva o peixe com o molho ao lado.

Brema recheada com salicórnia

Ao final da Primeira Era, a maior parte das terras élficas de Beleriand são destruídas e cobertas pelo mar, sobrando apenas a área conhecida como Lindon, ao lado das Montanhas Cinzentas. Algumas das colinas sobrevivem como ilhas pequenas além da costa de Lindon no Grande Mar Belegaer, incluindo Himling, ou Himring, onde antes ficava a fortaleza de Maedhros, o primogênito de Fëanor.

Essas ilhas devem ter sido locais um tanto soturnos, lembretes de reinos e heróis há muito perdidos. Talvez, durante a Segunda Era, elfos e homens de Númenor tenham desembarcado nessas ilhas ocidentais para refletir a respeito do seu passado e de seus antepassados e ficado um tempo nos litorais, pescando e apanhando salicórnias entre os seixos para fazer um bom jantar enquanto observavam o pôr do sol no horizonte do Belegaer.

A salicórnia é um vegetal marinho que cresce em litorais e pântanos. Pode ser encontrada em algumas peixarias e em supermercados grandes. Ela é crocante e salgada, ideal para acompanhar peixes, além de funcionar muito bem com a textura carnuda e satisfatória destes filés de brema recheados.

Para 4 pessoas
Pré-preparo + cozimento 1 hora e 20 minutos

750 g de batatas Maris Piper, ou outro tipo de batata farinhenta, em fatias finas
6 colheres (sopa) de azeite
1 colher (sopa) de tomilho picado
4 filés (150 g cada) de brema
75 g de presunto cru tipo parma, picado
2 chalotas bem picadas
raspas finas da casca de 1 limão-siciliano
200 g de salicórnia
sal e pimenta

1. Em uma tigela, misture bem as fatias de batata com 4 colheres (sopa) do azeite, um pouco de sal, pimenta e tomilho. Distribua esses ingredientes dentro de uma assadeira de metal, vidro ou porcelana, espalhando até formar uma camada uniforme. Cubra com papel-alumínio e asse no forno preaquecido a 190°C por cerca de 30 minutos, até que as batatas estejam macias.

2. Faça alguns cortes superficiais nos filés de brema com uma faca afiada. Misture o presunto cru com as chalotas, as raspas de limão e um pouco de pimenta-do-reino. Use a mistura para juntar os filés de peixe como se fosse um sanduíche. Amarre com barbante culinário distribuído em intervalos pelo peixe. Corte ao meio cada um dos pares de filé recheados para criar 4 porções de tamanhos iguais.

3. Coloque as porções de peixe sobre as batatas fatiadas e volte a assadeira ao forno, sem cobrir, por mais 20 minutos, ou até que o peixe esteja totalmente cozido.

4. Espalhe a salicórnia ao redor do peixe e regue com o restante do azeite. Volte ao forno por mais 5 minutos antes de servir.

Os Três Anéis

A "Era de Ouro" dos elfos é a Era das Estrelas e, apesar das guerras e da eventual ruína de Beleriand, a Primeira Era, quando a cultura e a civilização élficas estão em seu apogeu. As eras seguintes da Terra-média testemunham a dispersão dos elfos pelo oeste do continente, a diminuição de seu poder e a partida de muitos deles pelo mar, em direção a Aman. Durante esses períodos, os elfos têm total ciência de que, como povo, estão em declínio, que seu "tempo" está chegando ao fim e que o "domínio" dos homens está crescendo em igual proporção. Tolkien sugere que é nesse contexto que testemunhamos a criação dos Três Anéis – Nenya, Narya e Vilya – por Celebrimbor na Segunda Era, como uma tentativa fútil de tentar permitir que os líderes élficos pudessem preservar e sustentar seu poder e sua beleza de forma artificial.

Nas três receitas a seguir, representamos cada um dos Três Anéis com um tipo de curry, e cada um desses sabores vivos captura algo da natureza do anel em questão. Elas podem ser justamente a inspiração de que precisava enquanto você e seus comensais conspiram para combinar seus poderes, derrubar o Senhor das Trevas e destruir a influência do Um Anel.

Nenya: curry de bacalhau e coco

O poder de preservação dos Três Anéis é mais perceptível no Nenya, o Anel de Água, com seu diamante inflexível incrustado em uma faixa de mithril prateado. Este anel é carregado por Galadriel, que o usa para cercar Lothlórien, seu reino florestal, que de certa maneira é removido do tempo e existe num estado perpétuo de prosperidade. Com a destruição do Um Anel, Nenya perde seu poder, e Lothlórien começa a definhar lentamente. Aqui, o anel branco-prateado de Galadriel é representado por este curry cremoso e vibrante, cuja brancura é realçada pelo verde florestal do limão e das folhas de coentro.

Esta receita fica pronta em menos de meia hora, do momento em que coloca o avental até a refeição estar na mesa. Será seu prato favorito para quando você precisar de algo rápido e delicioso para comer no meio da semana. Só precisa de um pouco de arroz integral ou basmati para acompanhar. Você pode substituir o bacalhau fresco por qualquer peixe de carne branca e firme.

Para 4 pessoas
Pré-preparo + cozimento 20 minutos

1 colher (sopa) de óleo de amendoim
2 colheres (chá) de cominho em pó
2 colheres (chá) de sementes de coentro em pó
2 pimentas-verdes sem semente e fatiadas
1 pau de canela
1 anis-estrelado
6 folhas de limão kaffir
1 vidro (400 ml) de leite de coco
4 lombos (de 150 g cada) de bacalhau fresco sem pele
suco de 1 limão
folhas de coentro fresco para decorar (opcional)

1. Aqueça o óleo em uma panela, coloque as especiarias, as folhas de limão e cozinhe enquanto mexe por 2 minutos, até ficar aromático. Despeje o leite de coco e cozinhe em fervura branda por mais 5 minutos.

2. Junte o peixe e cozinhe em fervura branda por 4-6 minutos, até que esteja macio e bem cozido. Acrescente o suco de limão e misture.

3. Polvilhe com folhas de coentro, se desejar.

Narya: curry vermelho

O Anel Vermelho, com um rubi incrustado, é o Anel de Fogo. Originalmente, Celebrimbor deixou o anel aos cuidados de Círdan, o construtor de barcos, mas depois ele foi passado para Gandalf, a fim de ajudá-lo em sua missão na Terra-média. Assim como os outros dois anéis, seu poder principal é sustentar e preservar, mas Círdan, ao repassá-lo para Gandalf, também sugere que deva ter o poder de inspirar resistência e resiliência perante a tirania. A associação desse anel com o fogo parece apropriada para um mago ligado a fogos de artifício, dragões e, pelo seu combate com um balrog, um demônio de fogo. Este curry vermelho tailandês é inspirado nos elementos de fogo deste anel.

Tenha seu jantar pronto na mesa em meia hora com este curry rápido de uma panela só e que realmente entrega o que promete em sabores exóticos da culinária tailandesa. O leite de coco cremoso controla o calor da pasta de curry e agrega profundidade e equilíbrio. Para acompanhar, você só precisa de um pouco de arroz tailandês de jasmim recém-cozido.

Para 4 pessoas
Pré-preparo + cozimento 35 minutos

1 colher (sopa) de óleo de amendoim
2 ou 3 colheres (sopa) de pasta de curry tailandês vermelho
1 colher (chá) de cúrcuma em pó
¼ colher (chá) de pimenta-da-jamaica em pó
500 g de carne bovina magra cortada em fatias finas
1 vidro (400 ml) de leite de coco
250 ml de caldo de carne
3 colheres (sopa) de molho de peixe tailandês (*nam pla*)
50 g de açúcar de palma ou mascavo
4 ou 5 colheres (sopa) de pasta de tamarindo
sal e pimenta

Para decorar
½ pimentão vermelho cortado em tiras finas
2 cebolinhas cortadas

1. Aqueça o óleo em uma panela alta e frite a pasta de curry com a cúrcuma e a pimenta-da-jamaica em fogo médio por 3-4 minutos, ou até que esteja aromático.

2. Acrescente a carne e frite por 4-5 minutos. Junte o leite de coco, o caldo de carne, o molho de peixe, o açúcar e a pasta de tamarindo. Reduza o fogo e cozinhe em fervura branda por 10-15 minutos ou até que a carne esteja macia. Tempere a gosto e coloque um pouco mais de caldo ou água se o molho estiver muito reduzido.

3. Distribua em tigelas, decore com tiras de pimentão vermelho e cebolinha. Sirva com arroz.

Vilya: arroz pilau

O Anel Azul, com uma safira incrustada em uma faixa de ouro, originalmente pertenceu a Gil-galad, o Alto Rei dos elfos durante a Segunda Era, mas depois passou para as mãos de Elrond. Assim como Galadriel, podemos assumir que Elrond usa o poder de seu anel – o mais poderoso dos três – para preservar e proteger o reino de Valfenda. Este arroz dourado faz referência não apenas ao ouro do anel, mas também à beleza de Valfenda, conforme foi capturada pelas aquarelas vivazes nas quais Tolkien representou esse vale oculto.

Para uma refeição bem saudável e vegana, não será necessário procurar algo além desta combinação deliciosa de arroz e lentilhas. Se quiser uma versão um pouco mais adocicada, inclua um punhado de groselhas secas ou uvas-passas brancas antes de servir.

Para 4 pessoas
Pré-preparo + cozimento 40 minutos, além do tempo de descanso

1 colher (sopa) de óleo de amendoim
1 cebola bem picada
1 colher (chá) de cúrcuma em pó
1 colher (sopa) de sementes de cominho
1 pimenta vermelha seca
1 pau de canela
3 cravos
½ colher (chá) de sementes de cardamomo esmagadas
225 g de arroz basmati enxaguado
125 g de lentilha vermelha seca enxaguada
600 ml de caldo de legumes
6 colheres (sopa) de folhas de coentro bem picadas
sal

1. Aqueça o óleo em uma panela grande em fogo médio. Coloque a cebola e frite por 6-8 minutos, até que esteja bem macia, e então acrescente as especiarias. Continue fritando por 2-3 minutos, até que fique aromático. Então, junte o arroz e a lentilha e frite por mais 2-3 minutos.

2. Despeje o caldo, coloque o coentro, tempere a gosto e deixe ferver. Reduza para fogo baixo, tampe a panela e cozinhe lentamente por 10-12 minutos, ou até que todo o líquido seja absorvido. Tire do fogo e deixe abafando, sem destampar a panela, por 10-15 minutos. Afofe os grãos com um garfo e sirva.

Faisão com amoras da Floresta Verde

Acreditamos que este possa ser outro prato popular nos salões do rei dos elfos, servido como uma ceia simples no outono, quando há muitas amoreiras frutíferas pelos caminhos secretos que entremeiam a majestosa Floresta Verde. Embora raramente vejamos crianças elfas nas histórias de Tolkien, elas são descritas em detalhes num ensaio de Tolkien chamado "Sobre as leis de casamento e costumes dos eldar [...]". Lá ele nos conta que elas parecem muito com crianças humanas, mas com crescimento e envelhecimento muito mais lento, e que mantêm por bastante tempo seus sensos de alegria e maravilhamento, "custando a sair da primeira primavera da infância" e só atingindo a maturidade no primeiro século de idade. Logo, seria interessante pensarmos que apanhar amoras seria uma responsabilidade das crianças elfas – o passatempo de uma juventude idílica e demorada, vivenciada em harmonia com a natureza.

Carne de caça e amoras têm uma afinidade natural, e é por isso que este prato simples e rápido funciona tão bem. Sirva com purê de batatas cremoso e couve ou repolho no vapor para balancear a doçura deste molho divino.

Para 4 pessoas

Pré-preparo + cozimento 25 minutos

15 g de manteiga
1 faisão, dividido em 2 pernas e 2 peitos
75 g de amora
5 colheres (sopa) de geleia de groselha vermelha
sal e pimenta

1. Aqueça a manteiga em uma frigideira em fogo médio. Tempere os pedaços de faisão e coloque-os na panela. Cozinhe por 4-5 minutos de cada lado até que estejam dourados e bem cozidos. Pode ser necessário cozinhar as pernas por um pouco mais de tempo. Para verificar se a carne está cozida, insira uma faca na parte mais carnuda; o suco da carne deve sair transparente.

2. Junte as amoras, a geleia e misture até derretê-las. Sirva imediatamente com colheradas de molho de amora por cima.

Frango de Nargothrond

Os elfos de Tolkien não só viviam em lares na floresta e nas cidades portuárias, perto do céu, mas também em cidades subterrâneas escavadas nas profundezas das laterais de colinas e vales, como os anões. Talvez a intenção de Tolkien com isso fosse fazer uma alusão aos elfos escuros da mitologia nórdica, que vivem nas profundezas da terra. O povo élfico conhecido como os noldor, em especial, são associados com forjas e joalheria, tornando-se ainda mais próximos dos anões.

Podemos muito bem imaginar o que esses elfos de reinos subterrâneos comiam – certamente peixes do rio Narog, já que o reino era construído nas encostas íngremes desse rio, além de alimentos caçados e apanhados nas florestas ao redor. Entretanto, talvez uma das cavernas da fortaleza fosse reservada para a criação de galinhas. Nesta receita, imaginamos um prato de frango com especiarias servido com uma salada de feijão-fradinho com cores tão vívidas quanto as joias de Nargothrond.

Este frango adocicado tem um sabor bem intenso e cai muito bem em uma refeição de meio de semana que usa ingredientes escondidos no fundo da sua despensa.

Para 4 pessoas
Pré-preparo + cozimento 1 hora e 10 minutos

8 coxas ou sobrecoxas de frango
1 colher (chá) de cada especiaria: semente de cominho, semente de erva-doce e folha de tomilho seco
¼ colher (chá) de canela em pó
½ colher (chá) de páprica defumada
1 colher (sopa) de óleo de girassol
1 colher (sopa) de polpa de tomate
1 colher (sopa) de vinagre
2 colheres (sopa) de açúcar mascavo bem escuro
2 colheres (sopa) de calda de abacaxi (ver abaixo)

Salada de feijão-fradinho
1 lata (230 g) de abacaxi em calda picado e com a calda reservada
400 g de feijão-fradinho
um maço pequeno de coentro picado
½ cebola roxa bem picada
1 pimentão vermelho sem miolo, sem semente e cortado em cubos
raspas da casca e suco de 1 limão

1. Faça 2 ou 3 cortes nas juntas do frango com uma faca e coloque a carne em uma assadeira. Amasse as sementes grosseiramente, misture com o restante dos ingredientes e espalhe sobre o frango.

2. Coloque 4 colheres (sopa) de água no fundo da assadeira e coloque-a no forno preaquecido a 180°C por 40 minutos, regando com o líquido do cozimento de tempos em tempos até que o frango esteja bem dourado e a carne solte um suco transparente ao ser perfurada com uma faca afiada.

3. Enquanto isso, prepare a salada de feijão-fradinho. Despeje o restante da calda do abacaxi em uma tigela, depois coloque o abacaxi picado e o restante dos ingredientes. Misture bem e sirva como acompanhamento para o frango.

Tagine de cervo dos avari

Boa parte das histórias de Tolkien se passa no noroeste da Terra-média. Embora tanto os elfos quanto os homens tenham surgido no extremo leste desse continente vasto (antes de migrarem lentamente para o oeste), tanto o leste quanto o sul são pouco descritos. De fato, muitos topônimos para essas regiões são apenas derivados dos pontos cardeais – *harad* significa "sul" e *rhûn* significa "leste" em sindarin. São literalmente pouco mais que espaços em branco no mapa, embora Tolkien sugira que sejam densamente povoados, sobretudo por homens, vassalos de Sauron.

Mesmo assim, devia haver muitos avari – elfos "relutantes" (página 72) – vivendo no leste, um povo reservado que habitava enormes florestas da região ou entre suas colinas e que, embora nunca tivessem adquirido o conhecimento e a habilidade de seus parentes distanciados, os eldar, eram exímios cantores, caçadores, tecelões e ceramistas. Este poderia ser um dos pratos deles, cheio de especiarias orientais e adocicado com frutas secas.

Esta receita adocicada e condimentada de outono é uma ótima escolha para uma ocasião prevista. Sirva com seu acompanhamento preferido – cuscuz marroquino, arroz integral ou quinoa combinam bem – e uma colherada generosa de iogurte denso ou coalhada. Se quiser dar uma variada, substitua a carne de cervo por paleta de cordeiro e reduza o tempo de cozimento para 45 minutos.

Para 4 pessoas

Pré-preparo + cozimento 2 horas e 15 minutos

2 colheres (sopa) de azeite
750 g de carne de cervo cortada em cubos
1 cebola picada
1 dente de alho amassado
1 colher (chá) de cominho em pó
1 colher (chá) de canela em pó
½ colher (chá) de gengibre em pó
1 colher (chá) de cúrcuma em pó
500 ml de caldo de galinha
2 colheres (sopa) de polpa de tomate
1 colher (chá) de açúcar mascavo não muito escuro
75 g de damasco seco
50 g de ameixa seca
50 g de amêndoa laminada tostada

1. Aqueça o azeite em uma panela grande em fogo médio e sele a carne (pode ser que precise fazer isso em levas separadas). Depois tire a carne com uma colher vazada e reserve.

2. Acrescente a cebola e o alho e cozinhe por 2-3 minutos, então junte as especiarias e cozinhe por mais 1 minuto.

3. Volte a carne à panela e adicione o caldo de galinha, a polpa de tomate e o açúcar. Deixe ferver e cozinhe em fervura branda, tampado, por 1 hora e 30 minutos. Levante a tampa, coloque as frutas secas e deixe borbulhar lentamente por 30 minutos, ou até que a carne esteja macia.

4. Sirva salpicado com amêndoas laminadas tostadas.

Bifes de cervo do Celegorm

A forma como Tolkien retrata os elfos, especialmente os noldor, em parte se baseia na elite aristocrática medieval do mundo real, conforme pode ser visto em obras épicas como *Nibelungenlied* ou então *Parsifal*, de Wolfram von Eschenbach. Os elfos são, antes de mais nada, guerreiros, mas também gostam de coisas típicas de senhores e damas medievais – banquetes, cantorias, poesia e, acima de tudo, caça.

O maior dos caçadores entre os noldor é o terceiro filho de Fëanor (página 61), Celegorm, que enquanto está em Valinor é amigo de Oromë (página 89), o Caçador dos Valar (página 66), e recebe deste o cão gigante Huan, que serve como seu companheiro de caça. Em Beleriand, com seu irmão Curufin, ele se torna o rei de Himlad e caça por suas florestas e pântanos em busca de cervos e javalis. Talvez estes bifes de cervo fossem servidos no salão de banquetes dos irmãos quando voltavam da caça, ao som de canções e músicas, enquanto Huan sentava aos pés de seu mestre.

Deixar esta carne de cervo, com crosta de pimenta e zimbro, descansar após o cozimento permite que os sucos voltem às extremidades. Isso é essencial para ter um ótimo resultado, então resista à tentação de cortar antes da hora. Sirva a carne com vagem, geleia de groselha vermelha e batata frita ou cozida.

Para 4 pessoas
Pré-preparo + cozimento 40-55 minutos

750 g de lombo de cervo, obtido da região do quadril
75 g de grão de pimenta amassada
4 colheres (sopa) de zimbro amassado
1 clara levemente batida
sal

1. Certifique-se de que o lombo caiba na sua frigideira de grelhar. Se for necessário, corte-o ao meio para que caiba.

2. Misture a pimenta, o zimbro e um pouco de sal em uma travessa grande e rasa. Molhe a carne na clara de ovo e então role pela mistura de temperos, cobrindo uniformemente por todos os lados.

3. Doure a carne por 4 minutos de cada lado sob um gratinador ou um grill de forno preaquecido, virando com cuidado para que a crosta permaneça intacta. Transfira a carne para uma assadeira levemente untada e asse no forno preaquecido a 200°C por mais 15 minutos, para que fique malpassada, ou até 30 minutos, para bem-passada (o tempo depende da espessura do lombo).

4. Deixe a carne descansar por alguns minutos e então corte em bifes grossos para servir.

Torta de cervo do Oromë

De todos os Valar de Tolkien, Oromë, o Caçador e Senhor das Florestas, talvez seja o mais próximo dos eldar. É ele quem descobre os Primogênitos enquanto caça as criaturas de Morgoth sob as estrelas no extremo oriente da Terra-média e ajuda a guiá-los em sua Grande Jornada para o oeste. Para criar este Vala, Tolkien se inspirou em vários personagens da mitologia e do folclore do mundo real: entre eles o deus nórdico Heimdall, que possui o chifre de caça retumbante Gjallarhorn, assim como Oromë possui o chifre Valaroma; o caçador mitológico grego Orion; e os caçadores selvagens sobrenaturais de contos europeus, como os herne ingleses, que cavalgam pela noite para punir os perversos.

Embora Oromë seja incansável em sua caça das criaturas de Morgoth, podemos facilmente imaginá-lo em momentos mais tranquilos, parando para comer ao redor de uma fogueira na companhia de elfos de pés cansados. Talvez ele trouxesse um cervo às vezes – e temos certeza de que este Vala preparava um cervo divino.

continua na próxima página ➾

*Este farto prato de inverno – preparado numa panela de cozimento lento (*slow cooker*) – é elevado a algo mais especial por sua cobertura crocante de massa folhada. Fica uma delícia acompanhado de pastinacas e cenouras* baby *assadas. Para uma versão mais simples, pule a parte da cobertura e sirva a carne com purê de batata ou com batata cozida misturada com hortelã picada.*

Para 4-5 pessoas

Pré-preparo + cozimento
8½ - 10½ horas

25 g de manteiga
1 colher (sopa) de azeite e mais um pouco para untar
750 g de carne de cervo em cubos
1 cebola picada
2 colheres (sopa) de farinha de trigo
200 ml de vinho tinto
250 ml de caldo de carne bovina ou de cordeiro
3 beterrabas médias cruas descascadas e cortadas em cubos de 1 centímetro
1 colher (sopa) de geleia de groselha vermelha
1 colher (sopa) de polpa de tomate
10 bagas de zimbro amassadas grosseiramente
3 ramos de tomilho
1 folha de louro
1 folha (200 g) de massa folhada pronta para assar
1 ovo batido para pincelar
sal e pimenta
sal grosso

1. Preaqueça a panela elétrica de cozimento lento (*slow cooker*) em temperatura baixa se for necessário (veja as instruções do fabricante).

2. Aqueça a manteiga e o azeite em uma frigideira grande e coloque os cubos de cervo pouco a pouco, até que estejam todos na frigideira. Mexa até selar uniformemente. Retire a carne da frigideira com uma colher vazada e transfira para a panela de cozimento lento. Coloque a cebola na frigideira e frite por 5 minutos, até que esteja macia.

3. Junte a farinha, misture e depois despeje o vinho e o caldo de carne. Coloque a beterraba, a geleia e a polpa de tomate, depois adicione o zimbro, 2 ramos de tomilho e o louro. Tempere com sal e pimenta e leve à fervura. Despeje esse molho sobre a carne, tampe a panela e cozinhe em temperatura baixa por 8-10 horas, ou até que esteja bem macia.

4. Quando estiver quase pronta para servir, preaqueça o forno a 220°C. Abra a massa folhada e corte as bordas para obter um formato oval similar ao tamanho da panela de cozimento lento. Transfira para uma assadeira untada, ondule com os dedos ao redor da borda para que fique canelada e decore com as aparas da massa modeladas em forma de folha. Pincele com o ovo, salpique com o restante do tomilho e com sal grosso. Asse por cerca de 20 minutos, até crescer e dourar.

5. Distribua o cozido de cervo nos pratos onde pretende servi-lo. Corte a massa assada em fatias, como uma pizza, e coloque por cima de cada porção.

Assado de castanhas com maçã e cenoura da Indis

Os elfos, como sabemos, estão longe de ser vegetarianos, muito menos veganos, mas alguns deles – aqueles vanyar ou laiquendi que talvez sejam particularmente devotos de Yavanna, a Vala "provedora de frutos" – podem ter adotado uma dieta mais "verde", prezando a vida animal e apenas usando frutos, castanhas e vegetais apanhados na natureza.

Este prato é em homenagem a Indis, a sobrinha de Ingwë, o rei dos vanyar e Alto Rei de todos os elfos. Ela teve um casamento breve e infeliz com o noldor Finwë, o Alto Rei dos noldor. Depois da morte do marido pelas mãos de Melkor, ela retorna ao seu povo em Valinor com uma de suas filhas. O restante de seus filhos, incluindo Fingolfin (página 53), participa da fuga dos noldor.

Vegetais coloridos, maçã levemente ácida, castanhas crocantes e ervas aromáticas, tudo embrulhado em camadas de massa filo crocante – este prato é uma delícia vegana que vai conquistar até o coração dos comedores de carne! Sirva com vagem e tomate-cereja assados.

Para 4 pessoas
Pré-preparo + cozimento 1 hora

3 colheres (sopa) de óleo de canola
1 cebola bem picada
½ pimentão vermelho bem picado
1 talo de aipo bem picado
1 cenoura descascada e ralada grosseiramente
75 g de cogumelos-de-paris aparados e bem picados
1 maçã verde sem miolo e ralada
1 colher (chá) de extrato de levedura
50 g de farelo fresco de pão branco
75 g de castanhas variadas e bem picadas, como pistache, amêndoa sem pele e castanha portuguesa cozida
2 colheres (sopa) de pinoli
2 colheres (sopa) de salsinha picada
1 colher (sopa) de alecrim picado
1 colher (sopa) de farinha de trigo integral
8 folhas de massa filo

1. Aqueça 1 colher (sopa) do óleo em uma frigideira, coloque a cebola, o pimentão e o aipo e cozinhe em fogo brando por 5 minutos até amaciar. Junte a cenoura, os cogumelos e cozinhe por mais 5 minutos, até que todos os vegetais estejam macios.

2. Tire a frigideira do fogo e junte a maçã ralada, o extrato de levedura, o farelo de pão, as castanhas, o pinoli, a salsinha, o alecrim e a farinha. Tempere com sal e pimenta e misture.

3. Pincele uma folha de massa filo com um pouco do óleo que sobrou e coloque outra folha por cima. Com uma colher, disponha um quarto da mistura de castanhas em uma das pontas da massa e enrole, dobrando as pontas para dentro conforme enrola para embrulhar o recheio. Coloque o lado com a ponta da massa para baixo na assadeira. Repita o processo com o restante da massa e do recheio para fazer 4 rolinhos. Pincele o topo com o restante do óleo.

4. Asse os pacotinhos em forno preaquecido a 190°C por 20 minutos até que estejam dourados e crocantes.

Cozido de carne do Thranduil

Os elfos da Grande Floresta Verde, também conhecida como Floresta das Trevas, parecem ter mais apetite do que os outros. Em *O Hobbit*, quando Bilbo e seus companheiros encontram elfos da Floresta Verde pela primeira vez, todos eles se reúnem em torno de uma fogueira, sentados em troncos de árvore serrados, assando carnes e bebendo – mais parecidos com escoteiros do que seria de se esperar dessa remota região da Terra-média. O rei dos elfos – que depois aprendemos ser o elfo sindarin Thranduil, pai de Legolas – também não parece tão etéreo e gosta muito de vinho tinto (página 157). Tolkien se esforça para descrever seus elfos como seres muito diferentes e mais terrenos em comparação com a concepção vitoriana de fadas que conheceu em sua infância.

Esta receita une a carne bovina e o vinho em um prato farto que gosto de imaginar que seria muito popular nos salões do rei dos elfos.

*A panela de cozimento lento (*slow cooker*) é um utensílio incrível – um pouco de pré-preparo, então basta colocar todos os ingredientes e você está livre para deixar a panela borbulhando lentamente enquanto cuida do resto do seu dia. Como acompanhamento, este cozido intenso só precisa de um pouco de arroz ou purê de batata e talvez algumas vagens.*

Para 4 pessoas

Pré-preparo + cozimento
10½ - 11½ horas

2 colheres (sopa) de azeite
625 g de carne para cozido com a gordura aparada e cortada em cubos
100 g de bacon em cubos
300 g de chalotas pequenas
3 dentes de alho bem picados
1 colher (sopa) de farinha de trigo
150 ml de vinho tinto
300 ml de caldo de carne
1 colher (sopa) de polpa de tomate
um maço pequeno de ervas variadas ou um *bouquet garni* seco
sal e pimenta
salsinha picada para decorar

1. Preaqueça a panela elétrica de cozimento lento (*slow cooker*) em temperatura baixa, se for necessário (veja as instruções do fabricante).

2. Aqueça o azeite em uma frigideira grande em fogo alto. Coloque a carne, alguns pedaços por vez até que estejam todos na frigideira, e cozinhe por 5 minutos, mexendo até dourar. Com uma colher vazada, transfira a carne para a panela de cozimento lento.

3. Coloque o bacon e as chalotas na frigideira e cozinhe em fogo médio por 2-3 minutos, até que o bacon esteja começando a dourar. Junte o alho e a farinha, misture, depois despeje o vinho, o caldo de carne, a polpa de tomate e as ervas. Tempere a gosto e leve à fervura enquanto mexe.

4. Despeje o molho sobre a carne, tampe e cozinhe por 10-11 horas, ou até que a carne esteja bem macia. Misture tudo e sirva decorado com salsinha picada.

Massa com cogumelos e carne de porco do Salmar

Como Tolkien passou quase toda a vida criando lendas, e elas passaram por muitos estágios de desenvolvimento, suas histórias da Terra-média e além contêm diversas ambiguidades, fragmentos e mistérios que nem mesmo seu incansável editor, seu filho Christopher Tolkien, conseguiu desvendar.

Um deles é Salmar, um Maia que cria as Ulumúri, trompas marinhas de seu mestre, Ulmo, a partir de conchas do mar. Seu nome só é mencionado uma vez em *O Silmarillion* e depois parece ter sido esquecido. Aqui temos, portanto, um prato que usa a massa em forma de conchas, as conchiglie, para homenagear Salmar e todos esses fragmentos e silhuetas intrigantes que enriquecem nosso prazer em explorar o mundo de Tolkien.

Sirva-se de uma taça de vinho e se esbalde com uma tigela deste prato de massa caprichado com bastante parmesão por cima. A receita sugere usar conchiglie, mas qualquer outro tipo de massa oca, como rigatoni, penne ou orecchiette, que possa capturar o molho pedaçudo, funcionará bem.

Para 4 pessoas

Pré-preparo + cozimento 40 minutos

2 colheres (sopa) de azeite
1 cebola bem picada
1 dente de alho bem picado
450 g de carne moída suína
1 colher (sopa) de polpa de tomate
250 ml de vinho branco seco
150 ml de caldo de galinha quente
150 g de cogumelos aparados e picados
75 ml de creme de leite com alto teor de gordura
400 g de massa tipo conchiglie (conchas)
25 g de queijo parmesão ralado e mais um pouco para servir
sal e pimenta
salsinha picada para finalizar

1. Aqueça 1 colher (sopa) do azeite em uma frigideira grande, coloque a cebola e cozinhe por alguns minutos até começar a amaciar. Junte o alho e a carne de porco. Enquanto desfaz a carne com as costas de uma colher, cozinhe por 5-10 minutos, ou até que a carne esteja dourada.

2. Misture a polpa de tomate e cozinhe por mais 1 minuto. Despeje o vinho e cozinhe até reduzir pela metade, depois junte o caldo de galinha e cozinhe em fervura branda por 10 minutos.

3. Aqueça o restante do azeite em outra frigideira. Coloque os cogumelos e cozinhe por 3 minutos, ou até que estejam dourados e macios. Junte a mistura de carne de porco, depois adicione o creme de leite.

4. Enquanto isso, cozinhe a massa em uma panela grande e alta com água salgada e fervente, seguindo as instruções do pacote, até que esteja *al dente*. Escorra, mas reserve um pouco da água do cozimento, e volte a massa à panela. Misture com o molho e o queijo parmesão. Coloque um pouco da água do cozimento para ajudar a soltar, se necessário. Tempere bem.

5. Distribua em tigelas para servir e polvilhe com a salsinha e o parmesão extra.

Linguiças de *karkapolka*

Tolkien era um linguista e filólogo incansável – quando terminou os estudos, já tinha aprendido diversos idiomas, não só latim, grego, francês, italiano, espanhol e alemão, que eram o normal para seu estudo, mas também inglês antigo e médio, gótico, nórdico antigo e galês medieval, entre outros. Ele acrescentou vários outros a essa lista durante sua carreira como professor de língua anglo-saxã na Universidade de Oxford.

Sem se contentar com as línguas do mundo real, tanto vivas quanto mortas, desde cedo ele também inventava seus próprios idiomas, sendo quenya e sindarin os mais famosos. Cada um deles passou por vários estágios de evolução, como qualquer língua real, mas aqui isso ocorreu por meio da sagacidade e da imaginação de uma única mente, ganhando camadas ricas e diabolicamente complexas de gramática, vocabulário, fonética e ortografia.

Então não é nenhuma surpresa descobrir que conhecemos duas palavras em quenya primitivo para expressar "javali" – *úro* e *karkapolka* –, sendo que a segunda vem da junção das palavras em quenya para "presa" e "porco", e que posteriormente passou a ser soletrada como "carcapolca". Ao servir este prato para seus amigos, escolha sua forma preferida quando perguntarem o nome da receita.

Quando você não estiver a fim de lavar muita louça, este prato feito em um só recipiente é a receita ideal. Cheio de vegetais e lentilha, formando uma refeição deliciosa e balanceada, certamente vai agradar a todos. Você pode substituir as linguiças de javali por linguiças de cervo, se preferir.

Para 4 pessoas

Pré-preparo + cozimento 1 hora

8 linguiças de carne de javali (525 g ao todo)
2 colheres (sopa) de azeite
1 cebola picada
150 ml de vinho tinto
600 ml de caldo de carne
2 colheres (sopa) de geleia de cranberry
1 colher (sopa) de polpa de tomate
2 folhas de louro
300 g de batatas cortadas em pedaços de 2,5 cm
2 cenouras cortadas em pedaços de 2 cm
250 g de tomates picados grosseiramente
250 g de repolho em fatias finas
1 lata (400 g) de lentilha verde enxaguada e escorrida
sal e pimenta

1. Cozinhe as linguiças por 5 minutos sob um gratinador ou um grill de forno preaquecido, virando até que estejam douradas, mas não totalmente cozidas.

2. Enquanto isso, em uma panela grande de fundo grosso ou uma travessa que possa ser levada ao forno, aqueça o azeite em fogo médio. Acrescente a cebola e refogue por 4-5 minutos até que esteja macia. Despeje o vinho, o caldo de carne, a geleia, a polpa de tomate e o louro, tempere a gosto e deixe ferver enquanto mexe.

3. Coloque a batata, a cenoura, o tomate, o repolho e a linguiça. Tampe e cozinhe em fervura branda por 30 minutos, ou até que a linguiça e a batata estejam bem cozidas. Junte a lentilha e cozinhe por mais 5 minutos. Sirva em tigelas rasas.

Cordeiro assado de Valfenda

O conceito que Tolkien tinha dos elfos podia mudar de acordo com suas necessidades dramáticas ou com os leitores que estava tentando atingir. Em *O Hobbit* – livro escrito para crianças, com elementos de aventura, comédia e conto de fadas –, até os elfos são aproveitados para arrancar algumas risadas. Logo antes da chegada na casa de Elrond em Valfenda, Bilbo, Gandalf e os anões encontram um grupo de elfos cantando e cozinhando seu jantar a céu aberto em fogueiras. Mesmo considerando que os elfos que vivem naquele vale oculto são noldor em sua maioria e supostamente altivos, parecem um tanto frívolos quando comparados a seus parentes em *O Senhor dos Anéis*: suas canções não fazem sentido e suas brincadeiras são provocantes – até mesmo a barba respeitável de Thorin se torna alvo de chacotas.

Entretanto, para a alegria de todos, os elfos são hospitaleiros com os recém--chegados, mesmo considerando que a maioria é anão, e são todos convidados para participar da ceia em meio à natureza. Os anões recusam um tanto rudemente, querendo chegar logo à casa de Elrond, onde talvez houvesse comida melhor sendo oferecida. Nós, porém, talvez preferíssemos ter ficado e jantado com os elfos festivos – especialmente se este cordeiro assado estivesse no cardápio!

Este cordeiro assado recebeu um toque italiano com uma combinação de arroz, tomate semisseco, pimentão e bastante alho para dar ainda mais sabor.

Para 4 pessoas
Pré-preparo + cozimento 1 hora e 45 minutos

2 pimentões vermelhos sem semente cortados ao meio
50 g de arroz selvagem cozido
5 dentes de alho picados
5 tomates semissecos picados
2 colheres (sopa) de salsinha picada
625 g de pernil de cordeiro desossado e cortado em borboleta
4 metades de alcachofra
sal e pimenta

1. Coloque as metades dos pimentões em uma assadeira e leve ao forno preaquecido a 180°C por 20 minutos, até que a pele deles fique preta e com bolhas. Cubra com papel-toalha úmido e deixe esfriar. Quando os pimentões estiverem frios o bastante para manusear, tire a pele e pique a polpa (deixe o forno ligado).

2. Misture um dos pimentões picados com o arroz, o alho, os tomates e a salsinha. Tempere a gosto.

3. Coloque o cordeiro em uma tábua e faça uma incisão horizontal, quase que até o final, para formar uma cavidade que possa ser recheada. Dobre a metade de cima para trás, recheie com a mistura já preparada e cubra novamente com a carne. Feche usando palitos de madeira para que não saia do lugar.

4. Asse o pernil por 1 hora, regando com frequência, e junte as alcachofras e o restante do pimentão nos últimos 15 minutos do cozimento. Fatie o cordeiro e sirva imediatamente.

Caça e coleta com os elfos

A caça e a coleta foram praticadas por nós, humanos, com sucesso por milhões de anos antes do desenvolvimento da agricultura. Essas atividades combinavam a coleta de castanhas, frutas, raízes, vegetais, ovos e frutos do mar com a busca por carne de animais já mortos e também, cada vez mais, com a caça de animais vivos. Muitos dos povos iniciais provavelmente usavam o que conhecemos como jardinagem florestal – o ato de cuidar de espécies de plantas comestíveis em um ambiente florestal – para criar uma despensa natural e uma fonte de alimentos mais confiável. Mesmo depois do período Neolítico ou da Revolução Agrícola, cerca de 11 a 12 mil anos atrás, os humanos continuaram a complementar a produção agrícola com caça e coleta, sendo que a caça passou a ser cada vez mais praticada apenas por pessoas especializadas.

Os elfos de Tolkien, que começam sua existência no extremo oriente da Terra-média, parecem ter iniciado como caçadores-coletores, apanhando frutas nos litorais arborizados de Cuiviénen, um golfo no Mar Interior de Helcar, e coletando frutos do mar. Tolkien retrata esse período da existência dos elfos como uma espécie de era perdida de inocência e abundância – de fato, essa parece ser a visão dos próprios eldar, pelo que vemos em seu ditado "Não há como retornar a Cuiviénen". Certamente há comparações que podemos fazer entre Cuiviénen e o Jardim do Éden, afinal ambos são um símbolo de nostalgia atávica por um lar original onde a própria natureza espontaneamente providenciava o que era necessário.

Os elfos provavelmente também caçaram e coletaram durante sua Grande Jornada para o oeste. Como estavam em constante movimento e desconheciam as paisagens por onde passavam, encontrar comida suficiente deve ter sido muito mais desafiador, o que trouxe a necessidade de um pão de viagem – coimas, na língua quenya –, fornecido aos elfos pelo Vala Oromë. Os elfos que chegaram a Aman com certeza aprenderam sobre a agricultura com os Valar, principalmente com Yavanna e seus seguidores. Entre os elfos que permaneceram em Beleriand, podemos presumir que os sindar de Doriath praticavam um certo tipo de jardinagem florestal, como lhes foi ensinado pela Maia Melian e talvez pelas entesposas, enquanto os

falathrim – os teleri do litoral de Beleriand – certamente se tornaram peritos em pesca. Parece que, ao longo das eras, os elfos sindarin da Terra-média nunca abriram mão da caça ou da coleta e praticavam a agricultura apenas em escalas menores, como podemos testemunhar pelo plantio de milho para pão (coimas/lembas) em pequenas clareiras nas florestas. Para os noldor – que foram para Valinor, mas retornaram à Terra-média como exilados –, a caça parece ter se tornado uma busca quase que aristocrática, embora não haja muita indicação de hierarquia social entre os elfos de Tolkien, mesmo claramente existindo famílias e dinastias mais importantes.

Tolkien nos mostra muito pouco ou nada sobre como os elfos produziam seu alimento em *O Senhor dos Anéis*, mas na refeição élfica comida pelos hobbits na Ponta do Bosque, e nas seguintes em Lothlórien, temos a sensação de que esse alimento – fosse ele obtido por caça e coleta, jardinagem florestal ou agricultura de pequena escala – sempre surgiu do conhecimento profundo dos elfos sobre a natureza ao seu redor e de sua colaboração com ela.

Banquetes e festas

Banquetes são frequentes entre quase todos os povos da Terra-média, incluindo os elfos. Não é uma surpresa, já que no mundo real os banquetes e a partilha de comida são características de sociedades há milênios. Tolkien, como um estudioso renomado da cultura anglo-saxã, sabia muito bem que, tanto em culturas germânicas quanto em outras, os banquetes estabeleciam ou consolidavam conexões e obrigações societárias, atraindo anfitriões e convidados, conhecidos e desconhecidos, até mesmo amigos e inimigos, sendo a refeição partilhada um símbolo de união e fraternidade. Na cultura anglo-saxã, o salão do hidromel, onde a comida e a bebida eram consumidas, servia como ponto de apoio para uma sociedade funcional e próspera.

Na Beleriand dos elfos, Tolkien construiu um mundo muito similar à Inglaterra anglo-saxã ou à Escandinávia dos vikings, onde uma rede complexa de reis e reinos era não só unida por parentescos e casamentos, mas também ameaçada por rivalidades e inimizades. Como podemos ver na Festa da Reunião (página 120), organizada pelo rei noldorin Fingolfin, o banquete, para os elfos, era uma forma de suavizarem suas diferenças e forjarem novas alianças – mesmo que as tensões não estivessem muito abaixo da superfície.

Nesta parte do livro, agrupamos uma diversidade de receitas élficas para banquetes – desde o prato servido no casamento de Arwen e Aragorn até os bolinhos de abobrinha de Egladil –, a fim de ajudar você a impressionar seus amigos e familiares e quem sabe até alguns inimigos! A comida é o maior reconciliador – ao partilhá-la, reconhecemos nossa humanidade em comum ou, no caso dos eldar, nossa ancestralidade élfica. *Almien*! – saúde! –, como fãs de Tolkien dizem.

Batatas de Valinor

O hobbit Samwise Gamgi pode sonhar com suas "*papas*" cultivadas em casa, recém-desenterradas do jardim do Feitor na casa número 3 da rua do Bolsinho, mas achamos que Valinor é a verdadeira origem das batatas. Como já sabemos, no mundo real a batata selvagem foi inicialmente domesticada por povos indígenas das Américas uns 10 mil anos atrás, na região que hoje seria o Peru. No tempo dos incas, durante os séculos XIV e XV, as batatas haviam se tornado o ingrediente básico da região, armazenadas ao longo do ano por desidratação ou por fermentação, na forma de *tocosh*. Hoje, só no Peru, já há milhares de variedades de batata, de todas as cores e tamanhos – certamente muito além dos sonhos do Feitor.

Este prato simples de batatas para ser compartilhado pode muito bem ter sido servido em festivais de Valinor, comido tanto pelos Valar quanto por elfos enquanto se encontravam nas pradarias debaixo das muralhas da cidade capital, Valmar, uma cidade lendária de tetos de ouro – algo similar à cidade de Cusco para os incas. Sam, após sua jornada pelos Mares Divisores, estará prestes a comer algo incrível!

Cascas de batata crocantes com queijo e um molho cremoso pontilhado pelo verde das cebolinhas – todos vão adorar este prato. Sirva com bebidas antes do jantar e assista enquanto desaparecem em um instante! Se não tiver muito tempo, use um molho pronto para mergulhá-las, como um tzatziki *ou uma salsa mexicana.*

Para 6 pessoas

Pré-preparo + cozimento 15 minutos, além do tempo para assar as batatas

6 batatas grandes assadas e já esfriadas
1 colher (sopa) de azeite
150 g de queijo cheddar ralado

Para o molho de creme azedo
200 g de creme azedo
1 dente de alho amassado
1 colher (sopa) de cebolinha francesa picada
sal e pimenta

1. Para fazer o molho, misture os ingredientes em uma tigela e tempere a gosto.

2. Pegue as batatas já esfriadas e corte em quartos. Use uma colher para arrancar a polpa das batatas e descarte (ou guarde para outra receita). Passe as cascas para uma tigela, despeje o azeite e misture cuidadosamente com as mãos.

3. Distribua as cascas em uma assadeira com a parte cortada para baixo e cozinhe por dois minutos sob um gratinador ou um grill de forno preaquecido. Vire as cascas e salpique cada uma com um pouco de queijo. Cozinhe por mais 2 minutos até derreter o queijo.

4. Sirva imediatamente com o molho para mergulhar.

Bolinhos de abobrinha de Egladil

Em *O Senhor dos Anéis*, para se despedir da Sociedade, Celeborn e Galadriel organizam um banquete no gramado de Egladil – o ângulo de terra formado entre os rios Anduin e Celebrant. Embora seja o único momento em que o senhor e a dama de Lothlórien comem com seus convidados durante sua estadia, Tolkien não menciona nada das comidas ou das bebidas servidas. Talvez porque o banquete seja descrito majoritariamente pelos olhos de Frodo enquanto ele está perdido em pensamentos sobre a jornada adiante e acaba comendo e bebendo muito pouco. Logo, estamos livres para imaginar os pratos que são dispostos diante da Sociedade...

Estes bolinhos de abobrinha são completamente élficos – os vegetais mais frescos e da mais alta qualidade, preparados de forma simples para obter o máximo de sabor. Coma os bolinhos imaginando as árvores mallorn altíssimas por cima de sua cabeça e alguns grupos de flores douradas elanor à sua volta.

Crocantes por fora e cremosos por dentro, estes bolinhos de abobrinha são perfeitos para compartilhar. Sirva direto da frigideira, com o molho de creme azedo da página 104 para mergulhar, ou então com molho tipo sweet chili. *Você também pode acrescentar hortelã bem picada ou trocar o queijo parmesão por feta.*

Para 8 pessoas
Pré-preparo + cozimento 30 minutos

8 abobrinhas aparadas e raladas
8 colheres (sopa) de farinha de trigo com fermento
80 g de queijo parmesão ralado
4 colheres (sopa) de azeite

1. Coloque as abobrinhas raladas em um pano de cozinha limpo e esprema todo o excesso de líquido. Passe para uma tigela com a farinha, o parmesão ralado e misture bem.

2. Molde em bolinhas do tamanho de uma noz e depois aperte com cuidado para achatar.

3. Aqueça o azeite em uma frigideira funda e frite os bolinhos em levas, por 2-3 minutos de cada lado, até que estejam dourados.

Coimas

Coimas é o pão lembas original, dado por Oromë aos elfos em sua jornada para o oeste, atravessando a Terra-média em direção a Valinor. No idioma quenya, esta palavra significa "pão da vida", indicando seu papel fundamental no sustento e na nutrição dos elfos durante sua longa caminhada. O pão era feito do milho (trigo) de Yavanna, então parece também ter uma certa característica sagrada – algo similar ao maná fornecido por Deus aos israelitas durante sua caminhada de 40 anos pelos ermos a caminho de Canaã, a Terra Prometida.

Uma combinação irresistível de pão macio e gostoso de mastigar, queijo bem derretido e um ovo assado com gema mole. Estes pães são uma refeição por si só e dão um pouco de trabalho para preparar, mas valem muito a pena.

Para 3 pessoas

Pré-preparo + cozimento 40 minutos, além do tempo para crescer

Para a massa

200 ml de água morna e mais 200 ml extra
1 colher (sopa) de fermento biológico de ação rápida
1 kg de farinha de trigo
200 ml de leite morno
50 ml de azeite
1 ovo grande
1 colher (chá) de açúcar cristal
1 colher (chá) de sal refinado

Para o recheio

100 g de queijo muçarela ralado
100 g de queijo feta esfarelado
uma pitada de pimenta-caiena
3 ovos grandes e mais 1 ovo batido para pincelar

1. Em uma tigela pequena, misture a água morna com o fermento biológico. Em uma tigela grande, misture o restante dos ingredientes da massa e adicione a mistura de água e fermento. Sove com as mãos ou em uma batedeira com gancho para massas até que forme uma massa lisa e elástica. Acrescente até 200 ml a mais de água morna, se for necessário. Cubra com plástico-filme e deixe crescer em um lugar morno por 2 horas.

2. Para fazer o recheio, misture os dois queijos e uma pitada de pimenta-caiena.

3. Coloque a massa sobre uma superfície levemente enfarinhada. Sove a massa e divida-a em três pedaços. Cubra com plástico-filme untado e deixe descansar por mais 15 minutos.

4. Abra cada pedaço de massa em formato oval. Coloque ⅓ do recheio no centro de cada pedaço e espalhe bem, deixando uma margem de 2,5 centímetros sem recheio ao redor da borda. Puxe as bordas da massa ao redor do recheio e torça as pontas para criar um formato de barco. Coloque em uma assadeira forrada com papel-manteiga.

5. Pincele a massa com o ovo batido e asse no forno preaquecido a 200°C por 12-15 minutos. Tire do forno, faça uma cavidade rasa no recheio de cada pão e quebre 1 ovo dentro dela. Volte ao forno e asse por mais 3-4 minutos, ou até que os ovos estejam no ponto desejado.

Tabule das estrelas

Os elfos de Tolkien são muito associados às estrelas e a sua luz. Os Primogênitos despertaram sob as estrelas – antes da criação do Sol e da Lua – e viveram muitos anos apenas sob a luz delas. Quando o Vala Oromë encontra os elfos pela primeira vez, ele os chama de eldar, que significa "das estrelas". Mesmo após o surgimento do Sol e da Lua no céu, os elfos preservam seu amor e sua afinidade pelas estrelas, como podemos notar na descrição da donzela elfa Lúthien, que é avistada por Beren pela primeira vez enquanto dança ao nascer da Lua na floresta de Doriath, com olhos "cinzentos como a noite estrelada".

De certa forma, ao descrever os elfos, pelo menos em sua origem, como seres noturnos, Tolkien subverte a associação tradicional da noite com o mal – aqui o céu estrelado é associado com paz, harmonia e proximidade com o divino. Neste prato simples, as sementes de romã, que lembram joias, são usadas para representar as estrelas do céu da Terra-média.

Esta salada à moda do Oriente Médio e repleta de sabores encantadores é preparada com ervas verdes picadas e trigo bulgur. Ela é perfeita para usar em churrascos como um acompanhamento delicioso para aves, peixes e carnes grelhadas. Se não conseguir encontrar sementes de romã branca, as de romã vermelha também funcionam muito bem.

Para 4 pessoas

Pré-preparo + cozimento 15 minutos, além do tempo para esfriar

300 g de trigo bulgur (trigo para quibe ou triguilho)
4 colheres (sopa) de coentro, salsinha e hortelã (cada)
2 tomates cortados em cubinhos
3 colheres (sopa) de azeite extravirgem
3 colheres (sopa) de vinagre de vinho tinto
100 g de sementes de romã branca
sal e pimenta

1. Cozinhe o trigo bulgur de acordo com as instruções do pacote. Escorra bem, coloque em uma tigela para servir e deixe esfriar um pouco.

2. Junte o coentro, a hortelã, a salsinha, o tomate, o azeite e o vinagre e tempere com um pouco de sal e pimenta. Distribua as sementes de romã por cima e sirva.

Um prato para o casamento de Arwen e Aragorn

Esta moussaka vegetariana é cheia de sabor e com camadas de vegetais deliciosos e coloridos. Ela é coberta com coalhada seca e queijo feta em vez do molho branco mais tradicional. Sirva com pão de alho e uma salada ou com couve ou espinafre refogados.

Para 4 pessoas
Pré-preparo + cozimento 1 hora e 10 minutos

5 colheres (sopa) de azeite
1 cebola picada
2 dentes de alho bem picados
500 g de abobrinha cortada em pedaços
250 g de cogumelos-de-paris pequenos cortados em quartos
1 pimentão vermelho sem miolo, sem semente e cortado em pedaços
1 pimentão laranja sem miolo, sem semente e cortado em pedaços
2 latas (400 g cada) de tomate picado
folhas soltas de 2 ramos de alecrim
½ colher (sopa) de folhas de tomilho bem picadas
1 colher (chá) de açúcar refinado
2 berinjelas fatiadas
3 ovos
300 g de coalhada seca
uma pitada grande de noz-moscada ralada
75 g de queijo feta ralado
sal e pimenta

1. Aqueça 1 colher (sopa) do azeite em uma frigideira grande, coloque a cebola e frite por 5 minutos enquanto mexe, até começar a dourar. Junte o alho, a abobrinha, os cogumelos, os pimentões e frite por 2-3 minutos.

2. Coloque o tomate, o alecrim, o tomilho e o açúcar, misture bem e tempere com sal e pimenta. Deixe ferver, tampe e cozinhe em fervura branda por 15 minutos. Distribua em uma travessa refratária rasa, deixando espaço suficiente para as berinjelas e a cobertura.

3. Enquanto isso, aqueça 2 colheres (sopa) do azeite em uma frigideira limpa e frite metade das fatias de berinjela até que estejam macias e douradas dos dois lados. Distribua por cima da mistura de tomate, deixando as fatias se sobreporem. Repita com o restante do azeite e das fatias.

4. Misture os ovos com a coalhada, a noz-moscada e um pouco de pimenta-do-reino em uma tigela. Despeje a mistura sobre as camadas de berinjela. Distribua o queijo feta por cima e asse no forno preaquecido a 180°C por 30-35 minutos, até que esteja fumegante.

Tolkien era primariamente um escritor de textos épicos e mitológicos – o mundo de *O Hobbit*, de *O Senhor dos Anéis* e até de *O Silmarillion* é fortemente voltado para a amizade entre os homens e as virtudes militares masculinas como bravura e lealdade. Contudo, também há elementos poderosos de romance – nas histórias de amor de Beren e Lúthien, Eärendil e Elwing, Faramir e Éowyn, e Aragorn e Arwen, entre outras, sem nos esquecermos, claro, da história de Sam Gamgi e Rosa Villa, a filha do fazendeiro. De certa forma, *O Senhor dos Anéis* termina como um romance vitoriano, com vários casamentos anunciando a restauração da paz e da ordem depois de um período de dificuldades e incertezas.

O casamento do rei dúnedain Aragorn com a princesa meia-elfa Arwen no solstício de verão do ano 3019 da Terceira Era tem um papel particularmente simbólico nesse sentido: após o fim da Guerra do Anel, seu casamento dá início a uma nova era, reconciliando as terras e os povos do ocidente da Terra-média. Em outro aspecto, sua união serve como uma redenção do fim trágico de seus ancestrais em comum, Beren e Lúthien, que fizeram parte dos eventos que levaram ao final catastrófico da Primeira Era.

Este prato que agrada a todos poderia muito bem ter sido servido no banquete de casamento de Arwen nos salões de Minas Tirith, reunindo alguns dos melhores produtos de caráter mediterrâneo da região de Gondor – vegetais de cores vívidas e ervas de sabor marcante. Vislumbre uma nova era reluzente e celebre as núpcias do rei e da rainha do Reino Reunido.

Paella da Mereth Aderthad

Aqui está outro prato comemorativo cujas cores vibrantes e sabores intensos fará seus convidados correrem para a mesa. Decidimos nomeá-lo em homenagem a Mereth Aderthad, a Festa da Reunião, realizada por Fingolfin, o rei dos noldor, logo após o início da Primeira Era. Todos os elfos de Beleriand, tanto noldor quanto sindar, participaram. A harmonia e a amizade que prevaleceram naquele momento pareciam anunciar um período de paz e benevolência, livre da ameaça do Senhor das Trevas, Morgoth. Como sabemos, o que sucedeu não foi muito de acordo com os planos. Esses banquetes aparentemente de união, mas com rivalidades ocultas, são muito comuns em mitologias e contos épicos, é claro – de *A canção dos nibelungos* aos romances arturianos –, mas este prato talvez sirva para garantir que, ao menos no seu banquete, tudo sairá como esperado.

Esta interpretação vegetariana da paella espanhola clássica é uma ótima refeição para compartilhar com amigos. Encha uma travessa grande, coloque no centro da mesa, sirva com uma salada verde volumosa e deixe todos atacarem.

Para 4 pessoas
Pré-preparo + cozimento 45 minutos

4 colheres (sopa) de azeite
1 cebola picada
uma pitada de estigmas de açafrão
225 g de arroz arbóreo
1,2 litro de caldo de legumes
175 g de aspargos finos, aparados e cortados em pedaços de 5 cm
um maço de cebolinha cortado em tiras
175 g de tomates-cereja adocicados, comprados com rama e cortados ao meio
125 g de ervilha congelada
3 colheres (sopa) de amêndoas laminadas tostadas
3 colheres (sopa) de salsinha picada
sal

1. Aqueça 1 colher (sopa) do azeite em uma frigideira grande com fundo grosso, coloque a cebola e o açafrão e cozinhe em fogo médio, mexendo com frequência, por 5 minutos, até que a cebola esteja macia e dourada. Junte o arroz, misture bem e tempere com um pouco de sal. Despeje o caldo de legumes e deixe ferver, depois tampe e cozinhe em fervura branda por 20 minutos, mexendo de tempos em tempos, até que o caldo seja quase totalmente absorvido e o arroz esteja macio e bem cozido.

2. Enquanto isso, aqueça o restante do azeite em outra frigideira, coloque o aspargo e a cebolinha e cozinhe em fogo médio por 5 minutos, até que fiquem macios e levemente tostados em algumas partes. Tire da frigideira com uma colher vazada. Adicione os tomates na frigideira e cozinhe por 2-3 minutos de cada lado, até que amoleçam.

3. Misture a ervilha com o arroz e cozinhe por mais 2 minutos, depois junte o aspargo, a cebolinha e o tomate. Misture tudo com cuidado. Salpique com as amêndoas e a salsinha antes de servir.

Comida para a Grande Jornada: cozinha ao ar livre

Os elfos de Tolkien têm muitos lares e terras natais, mas são acima de tudo migrantes, viajantes e itinerantes. Quando encontramos um grupo de elfos pela primeira vez em *O Senhor dos Anéis*, eles estão viajando pelos locais mais calmos e arborizados do Condado, acampando, cozinhando e comendo ao ar livre.

A história dos elfos, na verdade, começa com a Grande Jornada, quando, a pedido dos Valar, a maioria dos Primogênitos faz sua caminhada do extremo oriente da Terra-média em direção ao extremo ocidente, num tempo em que o Sol e a Lua ainda não haviam surgido. É uma jornada que ecoa pelos éons da história dos elfos – na fuga dos noldor atravessando o Helcaraxë (página 53) e na diáspora dos eldar durante as Guerras de Beleriand.

Tolkien nos conta que os Valar ajudaram a sustentar os elfos, durante sua jornada, com pão coimas (página 108), feito com o milho de Yavanna – o protótipo do pão lembas preparado pelos elfos desde então. Os elfos, porém, certamente incrementaram essa alimentação com caça e coleta, então comemoramos a Grande Jornada com uma coleção de receitas que, embora você provavelmente vá prepará-las para um churrasco no seu próprio quintal, servem para nos lembrar um pouco dessa marcha élfica sob a luz das estrelas.

Verão significa churrasco: dias quentes, noites mais amenas, amigos, risadas e comida gostosa preparada em cima do fogo. Com essas receitas, será fácil começar bem o seu churrasco. Há opções de espetinhos de frango condimentado ou de cordeiro com hortelã, peixe com limão e espetinhos coloridos com vegetais variados, além de tabule fresco para acompanhar: todos encontrarão algo de seu agrado! Basta trazer bebidas bem geladas!

Churrasco de frango dos nandor

Em *O Silmarillion* e em outros lugares, Tolkien relata como alguns dos elfos que participaram da Grande Jornada saíram de seu percurso – às vezes por medo dos elementos naturais impressionantes que encontraram, como as Montanhas Nevoadas, ou às vezes por se maravilharem com a beleza da Terra-média. Entre os elfos que abandonaram a marcha, houve alguns teleri que, guiados por Lenwë, foram para o sul ao encontrar o Grande Rio, assentando-se pelas florestas dos vales do rio Anduin. Eles passaram a ser conhecidos como os nandor – "os que voltaram" –, e alguns deles posteriormente se estabeleceram em Lothlórien.

Talvez tenha sido neste momento inicial que os nandor começaram a construir casas nas árvores – versões primitivas das mansões arbóreas de Lothlórien. Eram exímios carpinteiros e muito habilidosos com arco e flechas. Nesta receita, imaginamos um prato perfeito para uma ceia silvestre, usando carne obtida na caça do mesmo dia. Usamos frango aqui, mas, para dar um toque mais autêntico, você pode usar peito de faisão.

A fumaça aromática sobe lentamente para as copas das árvores, onde se misturam às estrelas... Talvez, considerando o destino de tantos dos elfos que chegaram até Beleriand e além, os nandor não tenham feito uma escolha tão ruim assim afinal.

Para 6 pessoas
Pré-preparo + cozimento 20 minutos, além do tempo para marinar

500 g de filés desossados de coxa e sobrecoxa de frango cortados em tiras finas
2 dentes de alho amassados
2 colheres (chá) de gengibre fresco descascado e ralado
1 pimenta olho de pássaro vermelha sem semente e bem picada
raspas da casca de um limão
2 colheres (sopa) de molho de soja claro
1 colher (sopa) de óleo de gergelim
1 colher (chá) de açúcar refinado
¼ colher (chá) de pimenta-do-reino preta
6 talos grandes de capim-limão

1. Coloque os filés de frango em um prato ou uma travessa rasa que não seja de metal. Misture com todos os outros ingredientes, exceto os talos de capim-limão, e deixe marinar por 1 hora.

2. Descasque e descarte algumas das camadas externas do capim-limão para que os talos fiquem um pouco mais finos. Faça um corte na parte mais fina, para que fique mais afiado, e "costure" pelos pedaços de frango marinado, fazendo um movimento de zigue-zague para trás e para a frente a partir dessa ponta. Asse por 3-4 minutos de cada lado em uma churrasqueira quente ou sob um gratinador ou grill de forno preaquecido, pincelando com a marinada na metade do processo. Sirva quente.

Cavalinha assada do Belegaer

Tolkien nos conta que os teleri chegaram tarde demais às margens do Belegaer para serem transportados para o outro lado do Grande Mar, então tiveram que esperar pelo retorno de Ulmo com a ilha-balsa Tol Eressëa (página 45). Ao fazer amizade com o Maia Ossë, eles se apaixonam pelo mar e passam a ser conhecidos como os "elfos do mar". Talvez o mar os lembrasse do Mar Interior de Helcar, quando os elfos tinham acabado de despertar.

Não é difícil imaginar os teleri sentados ao redor de fogueiras na praia enquanto aguardavam sob a luz das estrelas, com o som das ondas ao redor. Também eram famosos por seu canto – então podemos imaginar suas vozes se mesclando com o barulho do mar. De tempos em tempos, provavelmente capturavam peixes e os assavam de forma bem simples sobre o fogo. Logo, não é nenhuma surpresa que, quando Ulmo finalmente voltou, muitos deles decidiram permanecer na Terra-média.

Para 4 pessoas

Pré-preparo + cozimento 20 minutos

4 cavalinhas (cerca de 400 g cada)
azeite para pincelar
3 limões-sicilianos fatiados em rodelas finas
2 colheres (sopa) de suco de limão-siciliano
sal e pimenta

1. Use uma faca afiada para fazer 3 ou 4 cortes de cada lado das cavalinhas. Pincele com um pouco de azeite e tempere por dentro e por fora com sal e pimenta. Use barbante culinário para amarrar 3 rodelas de limão-siciliano a cada lado dos peixes. Pincele as rodelas de limão com um pouco de azeite e asse por 4-5 minutos de cada lado em uma churrasqueira quente ou sob um gratinador ou grill de forno preaquecido, até que o peixe esteja levemente tostado e bem cozido. Deixe descansar por 5 minutos.

Churrasco de cordeiro dos vanyar

Os belos elfos conhecidos como vanyar são facilmente deixados de lado enquanto nós, leitores de Tolkien, nos envolvemos com as histórias dos noldor, dos teleri e das Guerras de Beleriand. Entre todos os elfos, porém, são eles os que chegam mais perto de terminar a Grande Jornada em sua forma mais completa: não satisfeitos com apenas chegar à costa de Aman, acabam se mudando para Valmar, a capital de Valinor, para viver ao lado dos Valar, à luz total das Duas Árvores.

Aprendemos muito pouco sobre os vanyar, a não ser por alguns de seus nomes, mas, entre todos os elfos, são eles que vivem uma vida mais estável e pacífica. Considerando sua beleza e nobreza, talvez eles também vivam a vida mais simples, cuidando das plantações no solo rico de Valinor e criando ovelhas e gado. Ao final de seu trabalho, talvez jantassem a céu aberto, assando carnes nas pradarias, bebendo o miruvórë, parecido com o hidromel, e recitando seus sofisticados poemas.

Para 4 pessoas

Pré-preparo + cozimento 15 minutos, além do tempo para refrigerar

500 g de pernil de cordeiro desossado e moído
1 cebola pequena bem picada
1 dente de alho amassado
1 colher (sopa) de alecrim picado
6 anchovas em conserva no óleo, escorridas e picadas
azeite para pincelar
sal e pimenta

1. Misture a carne de cordeiro com a cebola, o alho, o alecrim, as anchovas e um pouco de sal e pimenta em uma tigela. Use as mãos para misturar bem. Divida em 12 bolinhos de tamanho uniforme em forma de croquete. Refrigere por 30 minutos.

2. Coloque os bolinhos de carne em espetos de metal, pincele com azeite e asse por 4-5 minutos de cada lado em uma churrasqueira ou sob um gratinador ou grill de forno preaquecido, até que estejam bem cozidos. Sirva quente.

Espetinhos de vegetais das Montanhas Azuis

As Ered Luin, ou Montanhas Azuis, são a segunda maior cadeia montanhosa com que os elfos tiveram de lidar para chegar às margens do Belegaer, o grande oceano ocidental. Além das montanhas ficava Beleriand, que naquele tempo estava vazia sob a luz das estrelas. As Montanhas Azuis eram menos imponentes que as Montanhas Nevoadas, mas, ainda assim, uma empreitada intimidadora.

Podemos imaginar como naquele ponto da viagem os suprimentos deviam estar acabando, até mesmo o estoque dos incríveis coimas (página 108). Para complementar sua alimentação, os elfos muito provavelmente tiveram que buscar vegetais e ervas selvagens nas florestas e nas campinas elevadas das montanhas, assando o que encontravam sobre as fogueiras acesas após a caminhada do dia. O aroma inebriante do alecrim provavelmente elevava seus espíritos – sua marcha estava perto do fim.

Para 4 pessoas

Pré-preparo + cozimento 30 minutos, além do tempo para marinar

3 colheres (sopa) de azeite
1 colher (sopa) de alecrim picado
2 abobrinhas fatiadas grosseiramente
1 pimentão vermelho grande sem semente e cortado em quartos
16 cogumelos-de-paris grandes, aparados
16 tomates-cereja grandes
sal e pimenta
molho *tzatziki* pronto para servir

1. Em uma tigela grande, misture o azeite com o alecrim e um pouco de sal e pimenta. Adicione a abobrinha, o pimentão, os cogumelos e os tomates. Misture bem e deixe marinando por 15 minutos.

2. Coloque os vegetais alternados em espetos de metal, de modo que a disposição deles nos espetos fique bem variada.

3. Asse os espetos por 10-15 minutos em uma churrasqueira quente ou sob um gratinador ou grill de forno preaquecido, virando na metade do processo, até que todos os vegetais estejam cozidos. Sirva quente com o molho *tzatziki* para acompanhar.

O grande banquete e a era heroica dos elfos

Banquetes são um elemento característico da literatura épica. São encontrados em obras desde a *Odisseia* dos gregos, o *Mahābhārata* dos indianos, a *Kalevala* dos finlandeses e até o "Beowulf" dos anglo-saxões. Então, não é nenhuma surpresa que haja banquetes frequentes em *O Silmarillion*, a coleção de contos que retrata a Primeira Era, um período heroico da Terra-média. Nele, assim como em outras obras, banquetes são realizados por diversos motivos – comemorativos, religiosos e reconciliatórios. É relatado que os Valar realizam um banquete para comemorar o final de seus trabalhos da formação de Arda, além de outra "grande festa" em louvor a Eru, o Único (a divindade suprema). Entre os elfos, Fëanor aparece em banquetes em Tirion, a cidade dos noldor em Aman, ostentando as Silmarils orgulhosamente em sua testa, e Fingolfin realiza um "grande banquete" – conhecido como o Mereth Aderthad (a Festa da Reunião) – para reunir os elfos de Beleriand em um momento de paz e prosperidade. Tais banquetes costumam ser alegres, segundo o que Tolkien nos conta, marcados por muita música, cantoria e certamente danças também, mas infelizmente ele não nos conta quase nada sobre os alimentos e as bebidas consumidos, exceto sobre a bebida cordial miruvórë, similar ao hidromel. Nós mesmos precisamos imaginar a maioria desses outros detalhes.

Banquetes também estão presentes em *O Hobbit* e *O Senhor dos Anéis*, mesmo quando o que normalmente lembramos são as refeições mais íntimas – o café da manhã e o jantar. *O Hobbit* começa com um "banquete" improvisado do tipo mais básico e voraz, enquanto Thorin e seus companheiros devoram o conteúdo das despensas preciosas de Bilbo. Os banquetes propriamente ditos, entretanto, continuam sendo mais diretamente associados aos elfos, nos salões de Valfenda e do rei dos elfos. No início de *O Senhor dos Anéis*, o banquete também é de certa forma "simplificado" como uma "festa" – o "banquete agradável" para comemorar o aniversário de 111 anos de Bilbo e de 33 anos de Frodo, além da festa no ano seguinte realizada em homenagem aos 112 anos de Bilbo durante sua ausência – e só ressurge quando a narrativa entra totalmente em modo heroico, começando quando os hobbits chegam à cidade élfica de Valfenda. Só então os personagens passam realmente a "banquetear", no banquete comemorativo da vitória no Vau do Bruinen.

Depois disso, há um banquete quando os personagens partem da cidade élfica de Lothlórien, e então não há mais banquetes até a "eucatástrofe" do primeiro final do livro e do casamento de verão de Arwen e Aragorn. Com essa comemoração – marcando o final do domínio dos elfos e a restauração do domínio dos homens –, a associação dos elfos com "grandes banquetes" chega ao fim, embora com certeza haja mais banquetes alegres por vir em Valinor quando os elfos forem recebidos no retorno ao seu lar final.

Bolos e sobremesas

Será que os elfos gostam de doces? Pelo conteúdo da despensa de Bilbo, com seu estoque infindável de tortas e bolos, sabemos que os hobbits com certeza gostam, e, pela voracidade de Thorin e seus companheiros quando chegam inesperadamente para jantar com Bilbo no início de *O Hobbit*, sabemos que os anões também adoram. Quanto ao gosto dos humanos por sobremesas, nem precisamos comentar, considerando as versões do mundo real. Mas e os elfos? Será que realmente podemos imaginar elfos altivos, com seu apreço por poesia, flores e combate ao mal, esbaldando-se com algo tão banal quanto uma torta de limão com merengue, um pavê embebido com vinho xerez ou um pudim em calda?

Talvez não... mas certamente o paladar élfico tem espaço para um apreço por doçuras naturais. A língua quenya tem uma palavra para "doce no paladar" – *lissë* –, que parece se referir primariamente à doçura do mel (o equivalente na língua sindarin seria *leich*). Essa palavra é usada no "Lamento de Galadriel" para descrever o hidromel servido nos salões nobres dos Valar, e a descrição da bebida élfica miruvor (páginas 148-49) também menciona um dulçor similar ao do hidromel. Com certeza as palavras *lissë* ou *leich* também seriam usadas para se referir à doçura das frutas silvestres ou dos pomares que os elfos parecem apreciar – se considerarmos a refeição improvisada fornecida por Gildor a Frodo, Pippin e Sam.

As receitas a seguir, portanto, giram em torno de mel e frutas, desde o pavê de amoras do Legolas e a torta de Hithlum até a torta de maçã da Vána. Podemos ser altivos e, mesmo assim, matar nossas vontades ocasionalmente.

Cheesecake de ameixa da Melian

Decidimos dedicar este cheesecake um tanto suntuoso e sedutor à Maia Melian, que em *O Silmarillion* encontra e encanta – tanto literal quanto metaforicamente – o elfo teleri Elwë (Thingol) no bosque de Nan Elmoth, assombrado por rouxinóis, em Beleriand, fazendo com que ele esqueça seu povo e sua jornada a Valinor.

Em Valinor, Melian serviu a duas rainhas Valar, Vána e Estë, e também cuidou de muitas árvores frutíferas nos jardins de Lórien. Com seu cabelo negro e roupas carmim, ela é um dos personagens mais sedutores e sensuais criados por Tolkien. Por ser uma feiticeira que vive na floresta, ela tem muito em comum com as fadas das lendas arturianas, mais especificamente Vivienne ou Nimuë, que enfeitiça o mago Merlin na floresta de Broceliande.

A ameixa é, portanto, uma fruta apropriada para esta feiticeira sedutora amante das árvores. Experimente este cheesecake fabuloso e talvez você consiga entender por que Thingol esqueceu tudo sobre seu povo e sobre Valinor. Como poderiam competir com isto?

Este cheesecake assado cremoso, coberto com ameixas cozidas em calda, com certeza será popular entre amigos e familiares. Qualquer pedaço que sobre pode ser guardado na geladeira por alguns dias e, se houver ameixas sobrando, elas também podem ser servidas com mingau ou iogurte no café da manhã.

Para 6 pessoas

Pré-preparo + cozimento 1 hora, além do tempo para esfriar e gelar

480 g de ricota
425 g de cream cheese
2 ovos
1 colher (chá) de extrato de baunilha
125 g de açúcar refinado
1 colher (chá) de cravos inteiros
½ laranja pequena
2 colheres (sopa) de açúcar mascavo
1 pau de canela
175 ml de água
375 g de ameixas vermelhas frescas, cortadas ao meio e sem caroço
2 colheres (sopa) de geleia de groselha vermelha

1. Unte levemente uma fôrma de bolo inglês de 500 g e cubra o fundo e as laterais com papel-manteiga. Bata a ricota e o cream cheese com os ovos, o extrato de baunilha e o açúcar em um liquidificador ou um processador até que fique um conteúdo liso e uniforme. Despeje a mistura na fôrma e transfira para uma assadeira pequena. Coloque água quente na assadeira até atingir 2,5 centímetros de altura e asse em um forno preaquecido a 160°C por aproximadamente 40 minutos, ou até que esteja levemente firme. Tire a fôrma de dentro da água e deixe esfriar sem desenformar.

2. Enquanto isso, insira os cravos na laranja e coloque-a em uma panela de fundo grosso junto com o açúcar mascavo, o pau de canela e a água medida. Leve à fervura, abaixe o fogo e adicione as ameixas. Tampe e cozinhe lentamente por 5 minutos, ou até que fiquem macias.

3. Tire as ameixas, reserve-as e despeje a geleia no líquido. Ferva por aproximadamente 2 minutos até que reduza e fique com uma textura de calda. Tire a laranja e a canela e despeje a calda por cima das ameixas. Deixe esfriar e depois guarde na geladeira até a hora de servir.

4. Desenforme o cheesecake, puxando o papel-manteiga com cuidado, e corte em fatias. Sirva com as ameixas e a calda por cima.

Bolo de mel de ericáceas de Dorthonion

Tolkien frequentemente menciona o mel em suas obras. A apicultura parece ser praticada pela maioria dos povos da Terra-média, e o mel é usado para adoçar bolos e outros alimentos e, claro, para fazer o hidromel. O apicultor mais conhecido é o troca-peles Beorn em *O Hobbit*, que é craque em assar bolos de mel.

Entretanto, podemos presumir que a apicultura era originalmente uma atividade élfica, que os elfos talvez tenham aprendido com os Valar em Valinor. Em *O Senhor dos Anéis*, Galadriel canta um lamento para os elfos exilados, falando com tristeza sobre o "hidromel adocicado nos salões nobres além do oeste" e seu copo então vazio na Terra-média. Há uma gravação na qual Tolkien realiza uma bela declamação do "Lamento de Galadriel" – no idioma original quenya, é claro.

Nesta receita, especificamos o uso do mel de ericácea, talvez como o que seria preparado em Dorthonion ao norte de Beleriand, cujas paisagens características eram formadas por florestas e charnecas cobertas de ericáceas. Por certo tempo, este era o reino dos elfos noldorin Angrod e Aegnor, até que foi tomado por Morgoth após a Dagor Bragollach, a Batalha da Chama Repentina.

Ótimo para lancheiras e marmitas, este bolo é adocicado por causa do mel. Você pode dar uma variada incluindo 1 colher (chá) de canela em pó ou uma mistura de canela com outras especiarias na massa. Também funciona muito bem com pera em vez de maçã.

Rende um bolo inglês de 1 kg
Pré-preparo + cozimento 1 hora e 15 minutos

125 g de farinha de trigo
50 g de farinha de trigo integral
1 colher (chá) de fermento químico
3 colheres (sopa) de açúcar demerara fino
125 g de mel de ericácea e mais um pouco para servir
125 g de manteiga amolecida
3 ovos levemente batidos
1 colher (chá) de extrato de baunilha
50 ml de suco de maçã
1 maçã comum grande sem miolo e picada

1. Forre uma fôrma de bolo inglês de 1 kg com papel-manteiga. Peneire as farinhas e o fermento em uma tigela grande. Misture com o açúcar, o mel, a manteiga, os ovos, o extrato de baunilha e o suco de maçã. Coloque a maçã picada e misture.

2. Com uma colher, distribua a mistura na fôrma previamente preparada e asse no forno preaquecido a 180°C por 1 hora. Para verificar se está assado, insira um palito no centro do bolo – se sair limpo, está pronto, mas, se ainda houver massa grudada no palito, deixe assar por mais 10 minutos.

3. Tire do forno e transfira o bolo para uma grade de resfriamento. Retire o papel-manteiga e deixe esfriar. Sirva em fatias regadas com fios de mel.

Biscoitos da Galadriel

Galadriel e biscoitos... impensável! Mas reflita mais um pouco: Galadriel, assim como foi testemunhado por Frodo, não é apenas a rainha majestosa, noldorin exilada, possuidora do anel élfico Vilya (página 83) e sobrevivente de milhares de anos de história dos elfos. Ela também é esposa, mãe e amiga, é a dama élfica atenciosa e terna que concede presentes tanto de poder quanto de simplicidade para a Sociedade quando estão partindo – da pedra élfica entregue a Aragorn à única castanha prateada de uma árvore mallorn entregue a Sam. Não é comovente aquela caixinha de madeira cinzenta marcada com a letra "G" que ela entrega nas mãos do hobbit boquiaberto?

Então aqui está uma receita simples de biscoitos de amêndoas, preparados por Galadriel quando ela está com vontade de se sentir apenas uma dama élfica comum, para compartilhar com seus súditos em um dia preguiçoso debaixo dos mallorn.

Quando receber amigos para um café, sirva uma travessa destes biscoitos quebradiços e perfumados com laranja recém-saídos do forno. Se trocar a farinha comum por farinha de arroz e usar fermento sem glúten, pessoas com intolerância a glúten poderão degustá-los com segurança também.

Rende 20 unidades

Pré-preparo + cozimento 20 minutos, além do tempo para refrigerar

75 g de farinha para polenta
25 g de farinha de trigo e mais um pouco para polvilhar
25 g de amêndoas moídas
½ colher (chá) de fermento químico
75 g de açúcar de confeiteiro
50 g de manteiga em cubos
1 gema batida
raspas finas da casca de 1 laranja
100 g de amêndoas laminadas

1. Forre 2 assadeiras com papel-manteiga.

2. Coloque as farinhas, a amêndoa, o fermento, o açúcar de confeiteiro e a manteiga em um processador e bata rapidamente até obter uma textura de farofa fina. Outra opção é inserir os mesmos ingredientes em uma tigela grande, depois colocar a manteiga e misturar com as pontas dos dedos até atingir essa mesma textura de farofa fina.

3. Junte a gema batida, as raspas de laranja e misture tudo até obter uma massa firme. Embrulhe em plástico-filme e leve à geladeira por 30 minutos.

4. Transfira a massa para uma superfície lisa levemente enfarinhada, abra até obter uma massa fina e use um cortador redondo de 4 centímetros para cortar 20 biscoitos. Abra as aparas de massa novamente, se for necessário. Coloque os biscoitos nas assadeiras já preparadas e salpique com as amêndoas laminadas.

5. Asse no forno preaquecido a 180°C por cerca de 8 minutos, até que os biscoitos estejam dourados. Tire do forno e deixe endurecer nas assadeiras um pouco antes de transferi-los para uma grade de resfriamento.

Bolo de pera e avelãs do rio Teiglin

As veleiras aparecem com bastante frequência na escrita de Tolkien, encontradas por seus andarilhos, viajantes e exilados conforme perambulam pelas paisagens selvagens e cheias de desafios. Essas árvores são conhecidas por suas folhas macias cobertas de penugem, seus amentos de cor dourada pálida e suas castanhas de inverno, que recebem nomes diferentes dependendo da espécie. Sem dúvida essas castanhas eram apanhadas e serviam de alimento para todos os povos da Terra-média, sobretudo quando o sustento era escasso. No mundo real, avelãs ricas em proteína costumam ser armazenadas ou moídas para serem misturadas na farinha.

Há grupos de aveleiras que crescem perto do rio Teiglin, em Beleriand. E é perto de uma aveleira que Turin, um herói trágico de Tolkien, mata Forweg, o capitão de um grupo de bandidos, do qual ele mesmo assume a liderança.

Rocamboles parecem complicados, mas são surpreendentemente fáceis e gratificantes de preparar – o segredo está em enrolar usando o papel-manteiga. Esta receita que impressiona em jantares festivos tem uma massa de pão de ló leve como ar e um aroma de castanhas, além de damascos suculentos e mascarpone de sabor intenso.

Para 6-8 pessoas
Pré-preparo + cozimento 50 minutos, além do tempo para esfriar

125 g de avelãs tostadas
5 ovos (gemas separadas das claras)
175 g de açúcar refinado e mais um pouco para polvilhar
1 pera recém-amadurecida descascada e ralada grosseiramente
200 g de queijo mascarpone
2 colheres (sopa) de açúcar de confeiteiro
250 g de damascos frescos picados grosseiramente

1. Pique grosseiramente 2 colheres (sopa) das avelãs e reserve, depois pique muito bem o restante.

2. Bata as gemas com o açúcar até que a consistência fique mais grossa, de cor pálida, e até que o batedor deixe rastros na mistura. Incorpore as avelãs bem picadas e a pera ralada. Bata as claras em neve até formar picos firmes de aparência úmida. Incorpore 1 colherada grande na mistura de castanhas para dar uma soltada, depois incorpore o restante das claras com cuidado.

3. Com uma colher, distribua a mistura em uma assadeira rasa untada e forrada com papel-manteiga. Asse no forno preaquecido a 180°C por 15 minutos, até que a massa esteja dourada e a superfície tenha uma textura esponjosa. Cubra com um pano limpo e deixe esfriar por pelo menos 1 hora.

4. Bata o mascarpone com o açúcar de confeiteiro até ficar macio. Em uma superfície lisa, cubra um pano de cozinha úmido com papel-manteiga e polvilhe-o com açúcar. Vire a assadeira, dispondo a massa do rocambole por cima do papel, levante a fôrma e tire o papel-manteiga de cima da massa.

5. Espalhe a mistura de mascarpone por cima da massa, depois distribua os damascos. Use o papel-manteiga e o pano para ajudar a enrolar o rocambole, começando pela ponta menos larga mais próxima de você. Transfira o rocambole para uma travessa de servir, com o final da massa virado para baixo. Salpique com as avelãs picadas reservadas e corte em fatias grossas.

Panquecas da Fruta d'Ouro

Há debates longos e complexos entre fãs de Tolkien sobre a origem e a natureza misteriosa de Tom Bombadil e sua esposa, Fruta d'Ouro – seres gentis e hospitaleiros que Frodo e seus companheiros encontram pouco depois de partirem do Condado. Só sabemos que Tom é conhecido pelos elfos como "o mais velho e sem pai", e que Fruta d'Ouro é a "filha do rio", deixando-nos imaginar se os dois são espíritos da natureza, talvez Maiar a serviço de Yavanna e Ulmo (página 50), respectivamente. Outros sugerem que Fruta d'Ouro é "apenas" a filha de um Maia e que podemos até arriscar a dizer que seu pai foi um elfo – assim como Lúthien é filha da Maia Melian com o elfo sindarin Thingol. De fato, Fruta d'Ouro é explicitamente comparada a uma "rainha elfa jovem", envolta por flores, como Lúthien.

Seja qual for sua origem, Fruta d'Ouro é intimamente associada à abundância da natureza. Ao convidar os hobbits a se hospedar em sua casa, Tom nos traz uma visão de seu lar, onde a mesa de Fruta d'Ouro já está posta com favos de mel e creme, entre outras guloseimas, e onde rosas espiam por cima dos parapeitos das janelas.

Estas deliciosas panquecas triplas são moleza de preparar: basta misturar e cozinhar na frigideira. Ou então, se quiser uma guloseima ao ar livre, podem ser preparadas na churrasqueira. Sirva com morangos, framboesas ou mirtilos por cima.

Para 2 pessoas

Pré-preparo + cozimento 10 minutos

- 60 ml de creme de leite com alto teor de gordura e mais um pouco para servir
- 30 g de caramelo aerado feito à moda antiga, como o *honeycomb* (favo de mel), esfarelado
- 1 colher (chá) de raspas finas de limão-siciliano
- 65 g de casca de limão-siciliano cristalizada bem picada (opcional)
- 150 ml de creme de limão-siciliano (*lemon curd*)
- 6 panquecas escocesas prontas

1. Coloque o creme de leite, o caramelo, as raspas de limão, a casca cristalizada (se for usar) e o creme de limão em uma tigela e misture bem. Disponha uma colherada generosa desse creme em cima de uma panqueca, cubra com outra panqueca e mais uma colherada do creme por cima. Por último, finalize com uma terceira panqueca. Repita o processo para que você tenha duas pilhas triplas de panquecas com recheio de limão.

2. Cozinhe as pilhas de panqueca em uma chapa ou frigideira plana em fogo médio-alto por 1-2 minutos, depois vire com cuidado e cozinhe por mais 1-2 minutos, até que a parte externa das panquecas esteja tostada e o creme de limão comece a escorrer pelas laterais. Sirva imediatamente.

Torta de maçã da Vána

Muitos dos Poderes de Arda criados por Tolkien – seus "deuses" e "deusas" – podem ser relacionados a personagens de mitologias do mundo real. Este certamente é o caso da belíssima Vána, irmã mais nova de Yavanna (página 29), que, ao passar, faz flores brotarem e pássaros começarem a cantar. Ela claramente está ligada a personagens como as deusas gregas Perséfone – deusa do que brota na primavera – e Hebe – deusa da juventude.

Talvez a analogia mais próxima – uma que Tolkien, especialista em cultura anglo-saxã, talvez preferisse – seria com a deusa nórdica Iðunn, cujo próprio nome pode significar "sempre jovem", um epíteto similar ao de Vána. Iðunn é mais conhecida como a guardiã das maçãs da juventude, que mantêm os deuses jovens. Vána também vive em jardins de flores e árvores douradas que com certeza incluem árvores frutíferas. Esta sobremesa dourada, portanto, é para ela: imagine os elfos imortais jantando ao ar livre em seus próprios pomares e se esbaldando com esta sobremesa divina.

Maçãs doces com especiarias combinam com a massa folhada quebradiça nesta versão de uma tradicional receita familiar. Sirva quente com colheradas de crème fraîche *ou creme bem espesso, ou então com uma bola do sorvete de simbelmynë (página 143).*

Para 6 pessoas
Pré-preparo + cozimento 45 minutos

1 kg (cerca de 5) maçãs apropriadas para cozinhar, sem miolo, descascadas, cortadas em quartos em fatias grossas
100 g de açúcar refinado e mais um pouco para polvilhar
raspas finas da casca de 1 laranja pequena
½ colher (chá) de mistura *mixed spice* (canela com noz-moscada, pimenta-da-jamaica, entre outras especiarias) ou só canela em pó
3 cravos inteiros
400 g de massa folhada pronta e gelada
um pouco de farinha de trigo para polvilhar
1 ovo batido

1. Preencha uma travessa para torta de 1,2 litro com as maçãs. Misture o açúcar com as raspas de laranja, as especiarias e os cravos, e distribua-os por cima das maçãs.

2. Abra a massa folhada sobre uma superfície levemente enfarinhada até que fique um pouco maior que a abertura da travessa. Corte 2 tiras longas das bordas, com certa de 1 centímetro de largura cada. Pincele a borda da travessa com um pouco de ovo batido, pressione as tiras de massa por cima e pincele as tiras com ovo também. Levante o restante da massa aberta, coloque sobre a travessa e aperte bem nas bordas.

3. Apare o excesso de massa, faça cortes pequenos e horizontais ao longo da beirada da massa com uma faca pequena (isso ajuda as camadas a separar e crescer), depois aperte bem as bordas da torta. Abra novamente a massa das aparas e corte-a em forma de corações ou círculos com um cortador de biscoitos. Pincele a superfície da torta com o ovo batido, coloque as decorações de massa e pincele-as como ovo também. Salpique com um pouco de açúcar.

4. Asse no forno preaquecido a 200°C por 20-25 minutos, até que a massa cresça bem e esteja dourada.

Torta de Hithlum

Aqui está outra torta élfica, mas esta usa uma mistura de mel e pinoli. Pinheiros são mencionados nas obras de Tolkien mais que qualquer outra árvore e são característicos de muitos locais mais elevados e montanhosos da Terra-média. Na Primeira Era, a região gelada e nevoenta de Hithlum, ao noroeste de Beleriand, era quase que totalmente cercada de montanhas cobertas de pinheiros, e eles também cresciam nos arredores de Valfenda, no sota-vento das Montanhas Nevoadas, com seu aroma adocicado de resina que deixava Bilbo com sono enquanto ele os anões se aproximavam da casa de Elrond.

Os elfos com certeza tiraram proveito de cada presente de Yavanna, incluindo as sementes dos pinheiros, ricas em proteínas e carboidratos. Aqui elas são acompanhadas de mel de aroma floral para fazer uma torta saborosa e substanciosa que teria ajudado a aguentar até mesmo o dia mais gelado em Hithlum.

Esta torta diferente usa uma combinação delicadamente equilibrada de mel doce com pinoli crocante. Sirva-a com sorvete, creme batido ou uma colherada de crème fraîche, *salpicada com um pouco mais de mel para dar aquele refinamento de chef.*

Para 8-10 pessoas

Pré-preparo + cozimento 1 hora e 20 minutos

400 g de massa podre doce caseira ou comprada pronta, gelada
100 g de manteiga sem sal
100 g de açúcar refinado
3 ovos
175 g de mel floral aquecido
raspas e suco de 1 limão-siciliano
200 g de pinoli

1. Abra a massa sobre uma superfície levemente enfarinhada até ficar fina e use-a para forrar uma fôrma de fundo removível de 23 centímetros. Faça pequenos furos na base da massa, forre com papel-manteiga, coloque pesos de cerâmica e preasse no forno preaquecido a 190°C por 15 minutos. Tire o papel e os pesos e asse por mais 5 minutos. Reduza a temperatura do forno para 180°C.

2. Bata a manteiga com o açúcar refinado. Enquanto bate, junte os ovos, um por vez, e então adicione o mel aquecido, as raspas de limão, o suco e os pinoli. Despeje esse recheio dentro da torta e asse por cerca de 40 minutos, até que esteja dourado e solidificado.

3. Deixe esfriar por 10 minutos antes de servir.

Torta de limão-siciliano com merengue e espinheiro-marítimo

Uma das vistas mais gloriosas dos litorais temperados arenosos da Europa são os espinheiros-marítimos (*Hippophae rhamnoides*), com suas nuvens de frutos alaranjados em meio às folhas verde-escuras pontudas. Como um estudioso de inglês saxônico, Tolkien talvez apreciasse muito esse arbusto costeiro, que os anglo--saxões acreditavam que, assim como o espinheiro-branco, afastava o mal, sendo usado em feitiços. Dizia-se que a runa inglesa antiga ðorn (*thorn*, ou "espinho") tinha o poder de proteção.

Podemos imaginar espinheiros-marítimos crescendo nas dunas arenosas do litoral do noroeste da Terra-média, inclusive em Beleriand na Primeira Era, na região conhecida como Falas (palavra sindarin para "litoral"). Os falathrim – "elfos da costa" – com certeza eram exímios apanhadores de frutos e saberiam aproveitar essas frutas azedinhas cujo sabor lembra uma mistura de laranja com manga.

A mistura sublime do recheio cremoso de limão-siciliano com a cobertura de merengue macio faz com que esta torta seja uma verdadeira campeã. Fica ainda melhor se for servida com um molho de frutas de espinheiro-marítimo de cor bem chamativa. As frutas do espinheiro-marítimo, quando colhidas frescas, têm um gosto bem azedo, mas basta cozinhá-las com um pouco de açúcar ou xarope de bordo e você verá o sabor incrível que será revelado.

continua na próxima página ⇛

Para 6 pessoas

Pré-preparo + cozimento 1 hora, além do tempo para gelar

375 g de massa podre doce caseira ou comprada pronta, gelada
200 g de açúcar refinado
40 g de amido de milho
suco e raspas de 2 limões-sicilianos
4 ovos (gemas separadas das claras)
200-250 ml de água

Para o molho
250 g de fruta de espinheiro-marítimo
2 colheres (chá) de xarope de bordo (*maple syrup*)
120 g de açúcar cristal

1. Sobre uma superfície levemente enfarinhada, abra a massa até que fique fina e use-a para forrar uma fôrma rasa de 20 centímetros de diâmetro e 5 centímetros de profundidade, com fundo removível e borda canelada. Pressione uniformemente pelas laterais. Apare o topo que sobrar da massa e faça furos na base. Refrigere por 15 minutos. Forre o interior da torta com papel-manteiga, coloque pesos de cerâmica e preasse no forno preaquecido a 190°C por 15 minutos. Tire o papel e os pesos e asse por mais 5 minutos.

2. Enquanto isso, coloque 75 g do açúcar em uma tigela com o amido de milho e as raspas de limão, junte as gemas e bata até ficar uniforme. Dilua o suco de limão na água medida até conseguir 300 ml, despeje esse líquido em uma panela alta e deixe ferver. Depois ponha-o, lentamente, dentro da mistura com as gemas, batendo até que fique bem uniforme. Volte à panela e deixe a mistura ferver novamente, mexendo até que esteja bem espesso. Despeje o creme dentro da massa de torta e espalhe para ficar bem nivelado.

3. Bata as claras até formar picos firmes. Enquanto bate, incorpore o restante do açúcar aos poucos, 1 colher (chá) por vez; depois, bata por mais 1-2 minutos, até que esteja espesso e brilhante. Cubra o recheio de limão completamente com esse merengue, uma colherada de cada vez, e use uma colher para redemoinhar a superfície.

4. Abaixe a temperatura do forno para 180°C e asse por mais 15-20 minutos, até que o merengue esteja dourado e bem cozido. Deixe descansar por 15 minutos, e então tire a torta de dentro da fôrma e transfira-a para o prato onde irá servir.

5. Enquanto isso, prepare o molho. Coloque as frutas e o xarope de bordo em uma panela em fogo médio. Despeje um pouquinho de água e deixe ferver. Abaixe o fogo, tampe e cozinhe lentamente em fervura branda por 10 minutos.

6. Tire do fogo e coe com uma peneira para dentro de uma tigela ou jarra. Use uma colher para pressionar e extrair o máximo possível de suco e polpa.

7. Volte o suco coado para a panela, coloque o açúcar e cozinhe em fogo baixo enquanto mexe, até dissolver todo o açúcar. Despeje essa calda em uma jarra ou molheira, deixe esfriar e sirva com a torta.

Creme de fruta-das-estrelas da Elbereth

Eis uma receita doce que poderia ser preparada em dias festivos em Valinor. Assim como os mirtilos do mundo real crescem no Canadá e no nordeste dos Estados Unidos, podemos especular que estes arbustos baixos também cresciam no norte de Valinor, talvez nas colinas perto de Formenos, a "Fortaleza do Norte" de Fëanor e seus filhos. Durante milênios, os indígenas norte-americanos apanharam essa fruta selvagem de cor celestial, chamando-as de "frutas-das-estrelas" por suas flores em forma de estrela. Também usavam as raízes do mirtilo para fazer uma infusão.

Nesta receita decidimos homenagear Varda, rainha dos Valar, que criou as estrelas e que, por esse motivo, foi especialmente venerada pelos elfos, que vieram ao mundo debaixo da luz estelar. Um de seus títulos é Elbereth, que na língua sindarin significa "rainha das estrelas". A melhor forma de comer este creme é ao ar livre em uma noite de céu sem nuvens.

Estas pequenas sobremesas são adoráveis com o acompanhamento de minissuspiros ou biscoitinhos amanteigados de limão. Para fazer uma versão de banana, substitua os mirtilos por 2 bananas fatiadas e decore a sobremesa pronta com raspas de chocolate amargo.

Para 6 pessoas

Pré-preparo + cozimento 15 minutos, além do tempo para esfriar

150 g de açúcar cristal
3 colheres (sopa) de água fria
2 colheres (sopa) de água fervente
150 g de mirtilo fresco (não congelado)
400 g de *fromage frais* ou outro queijo fresco cremoso
425 g de creme de confeiteiro pronto

1. Coloque o açúcar e a água fria medida em uma frigideira e aqueça com cuidado, mexendo de vez em quando, até que o açúcar tenha se dissolvido por completo. Deixe ferver e cozinhe por 3-4 minutos sem mexer, até que o xarope comece a mudar de cor e a dourar nas beiradas.

2. Junte a água fervente medida e se afaste, pois a calda vai espirrar. Depois misture tudo inclinando a frigideira. Coloque os mirtilos e cozinhe por 1 minuto. Tire a frigideira do fogo e reserve enquanto esfria um pouco.

3. Misture o queijo cremoso com o creme de confeiteiro, distribua em pratos de sobremesa e cubra com colheradas da calda de mirtilo por cima. Sirva imediatamente.

Pavê de amoras do Legolas

De todos os elfos criados por Tolkien, Legolas é o único que conhecemos melhor e o que foi mais aprofundado. A maioria dos elfos em *O Silmarillion* – com algumas exceções, como Thingol, Fëanor e talvez Lúthien – permanece um tanto distante e "mitológica". Mesmo em *O Senhor dos Anéis*, personagens como Elrond, Galadriel e Arwen seguem certos modelos (talvez possamos até dizer que são arquetípicos) – o velho sábio, a rainha poderosa e a princesa sempre paciente e fiel, respectivamente. Legolas, claro, também é um estereótipo élfico – visão aguçada, exímio arqueiro, um pouco arrogante, em sintonia com a natureza... Mas ele também é um personagem completamente elaborado. Ele tem até um arco narrativo próprio, ganhando mais empatia pelo mundo e por outros povos conforme deixa para trás seus preconceitos nativos, como podemos ver no seu relacionamento cada vez melhor com o anão Gimli.

Todo personagem bem elaborado também tem uma história prévia, a qual o autor pode descrever o quanto quiser e cujas lacunas o leitor pode preencher o quanto desejar. Portanto, podemos gostar de imaginar Legolas, o filho único de Thranduil, como um elfo de infância fechada, um príncipe sindarin mantido longe dos súditos do rei dos elfos, os elfos verdes de linhagem inferior. Mesmo assim, ele também é um tanto rebelde, e no outono talvez saísse sorrateiramente dos salões de seu pai para apanhar amoras na floresta, voltando de barriga cheia e com manchas roxas óbvias nos cantos da boca.

continua na próxima página ⇛

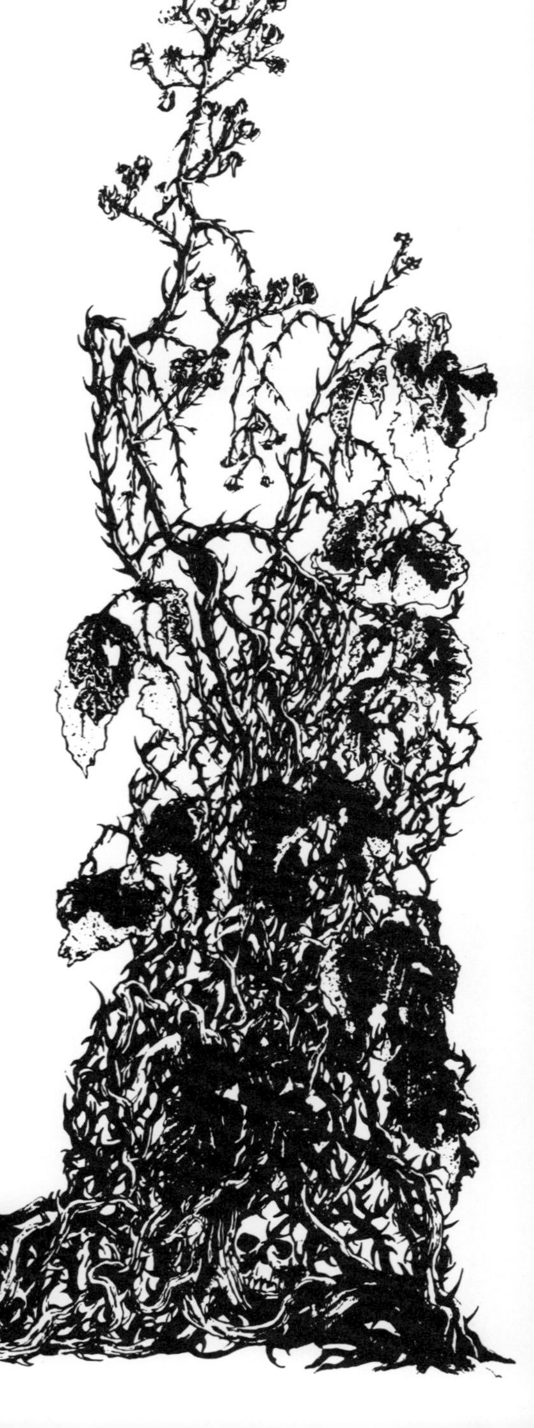

Esta versão do tradicional trifle *inglês é muito versátil: você pode apreciá-la quente no inverno, mas também fica uma delícia quando servida gelada no verão. Se quiser uma versão alcoólica, adicione um pouquinho de conhaque ou uísque na mistura de frutas cozidas.*

Para 4 pessoas

Pré-preparo + cozimento 45 minutos, além do tempo para esfriar

150 g de amora fresca ou congelada
2 maçãs doces sem miolo, descascadas e fatiadas
1 colher (sopa) de água
50 g de açúcar refinado
4 biscoitos champanhe
3 colheres (sopa) de vinho xerez seco ou doce
425 g de creme de confeiteiro pronto

Para o merengue
3 claras
75 g de açúcar refinado

1. Coloque as amoras, as maçãs, a água e o açúcar em uma panela alta, tampe e cozinhe em fervura branda por 5 minutos, ou até que as frutas amoleçam. Deixe a mistura esfriar um pouco.

2. Quebre os biscoitos champanhe e distribua os pedaços formando uma camada uniforme na base de uma travessa de 1,3 litro para tortas ou suflês. Regue com o vinho xerez. Use uma colher para distribuir as frutas e a calda por cima e então cubra tudo com o creme de confeiteiro.

3. Bata as claras em uma tigela grande até formar picos firmes. Enquanto bate, comece a incorporar o açúcar, 1 colher (chá) por vez, até que o merengue esteja firme e brilhante. Distribua colheradas do merengue por cima do creme e use as costas de uma colher para redemoinhar a superfície.

4. Asse em forno preaquecido a 180°C por 15-20 minutos, até que a sobremesa esteja bem aquecida e o merengue esteja dourado. Sirva imediatamente.

Gelatina do Ossë

Alguns dos Valar e Maiar são mais próximos dos elfos e simpatizam mais com eles do que outros. Um deles é o Maia Ossë, um servo de Ulmo, o Senhor das Águas, um espírito que ama ilhas e litorais, mas que também tem um temperamento selvagem e imprevisível. Ele tem algo em comum com os deuses gregos menores, como Tritão, Nereu e Proteu.

Durante a Grande Jornada dos elfos para o oeste, Ossë faz amizade com certos elfos teleri na costa e convence alguns deles, incluindo Círdan (página 21), a ficar por lá em vez de viajar para Valinor. Ele os ensina a trabalhar com o mar – construção de barcos, navegação, música marinha e, quem sabe, culinária marinha também.

Imaginamos que esta receita, uma das especialidades de Ossë, originalmente usasse goma carragena – obtida a partir de algas marinhas secas apanhadas nos litorais selvagens de Falas –, mas hoje em dia ágar-ágar funciona tão bem quanto!

Seja retrô com esta gelatina, a sobremesa favorita da infância de todos. Esta receita usa ágar-ágar, que é obtido de algas, em vez de gelatina comum, o que a torna adequada também para veganos e vegetarianos. A gelatina feita com ágar-ágar é muito mais firme do que as preparadas com gelatina comum, mas é igualmente deliciosa. Sirva com framboesas ou morangos e com sorvete vegano.

Para 4 pessoas

Pré-preparo + cozimento 15 minutos, além do tempo para descansar e firmar

1 litro de suco de cranberry
4 colheres (sopa) de flocos de ágar-ágar
100 g de açúcar refinado

1. Despeje o suco de cranberry em uma panela e junte o ágar-ágar e o açúcar. Misture e deixe descansando por 10 minutos para que o ágar-ágar amoleça.

2. Aqueça em fogo baixo enquanto mexe, até que o açúcar se dissolva completamente. Deixe ferver por 1-2 minutos, ou até que o ágar-ágar tenha derretido completamente.

3. Tire do fogo e despeje em uma fôrma para gelatina. Deixe esfriar completamente e leve à geladeira por 4 horas, até que esteja firme. Desenforme a gelatina em uma travessa e sirva.

Sorvete de simbelmynë

Como sabemos, Tolkien, na maioria dos casos, baseou-se na flora e na fauna do mundo real para criar as plantas e os animais da Terra-média, mas às vezes também inventava espécies novas vindas da sua imaginação (página 144). Uma dessas é a simbelmynë – também chamada de uilo ou alfirin pelos elfos –, uma planta baixa com flores brancas pequenas. Em *O Silmarillion*, Tolkien descreve que ela cresce em uma ravina entre o Quarto e o Quinto Portão, no caminho para a cidade élfica oculta de Gondolin (página 31). Em eras posteriores, essa flor costumava crescer nos túmulos de homens guerreiros: o nome simbelmynë significa "sempre em mente", o que sugere seu papel como flor de recordação, mais ou menos como a flor "não-me-esqueças" (miosótis).

Tolkien compara essa flor a uma anêmona, mas talvez também seja parecida com as flores de aspérula, com formato de estrelas brancas, que soldados costumavam colocar dentro do capacete para trazer sorte no campo de batalha – uma associação militar similar à feita com a simbelmynë. Aqui usamos as folhas doces e perfumadas de aspérula para preparar um sorvete delicioso e de sabor único.

A aspérula odorífera, suave e adocicada – uma erva pouco conhecida, mas que vale muito a pena ser plantada em seu jardim –, dá um toque herbáceo delicado a esta receita. Se quiser uma versão mais tropical, troque a aspérula por 2 anis-estrelados.

Para 6 pessoas
Pré-preparo + cozimento 30 minutos, além do tempo para infusão e congelamento

300 ml de leite integral
1 vidro (400 ml) de leite de coco integral
20 g de folhas de aspérula odorífera
5 gemas
75 g de açúcar refinado

1. Coloque o leite, o leite de coco e as folhas de aspérula em uma panela em fogo baixo e deixe apenas começar a ferver. Tire do fogo e espere fazer a infusão por pelo menos 2 horas. Coe e descarte as folhas.

2. Bata as gemas com o açúcar em uma tigela até que fique cremoso e com cor pálida. Junte a mistura de leites aromatizados e transfira para uma panela. Enquanto aquece, mexa lentamente até que a mistura engrosse a ponto de cobrir as costas de uma colher. Tire do fogo e deixe esfriar.

3. Coloque em uma máquina de sorvete e processe de acordo com as instruções do fabricante, ou então coloque em um recipiente que possa ser levado ao congelador e deixe lá até que as bordas comecem a congelar. Tire do congelador e bata o sorvete vigorosamente com um garfo ou com uma batedeira portátil. Volte ao congelador e repita esse procedimento pelo menos mais duas vezes (a quebra da mistura deixará seu sorvete mais liso e cremoso), e então deixe no congelador até a hora de servir.

Um tesouro botânico

Tolkien amava a natureza. Quando era criança, aprendeu sobre botânica com a mãe e adorava perambular pelo campo próximo à sua casa nas Midlands, descobrindo plantas e flores. Essa paixão foi transposta para sua escrita: ao ler *O Senhor dos Anéis*, conforme acompanhamos o avanço de seus personagens pelas paisagens vastas e diversas da Terra-média, também nos sentimos imersos nesse mundo natural. Sentimos a terra rica sob nossos pés no Condado, enroscamo-nos em arbustos de amoras e urtigas da Floresta Velha e observamos a neblina das Montanhas Nevoadas no horizonte distante. Também vivenciamos todo tipo de clima, como as chuvas inclementes que se infiltram nas roupas dos viajantes, as nevascas cortantes do Monte Caradhras e o sol escaldante das terras ao sul, como Gondor.

A imersão imaginativa do leitor na natureza é possibilitada pelas descrições meticulosas e profundamente empáticas que Tolkien faz das paisagens vivas de seu continente e de árvores, plantas e ervas que crescem por lá. A natureza, especialmente em *O Senhor dos Anéis*, é um personagem tão vivo quanto os hobbits, os homens e os elfos que vivem nela e dependem dela. Há muitos detalhes vívidos – como as cascas lisas e cinza-prateadas dos mallorn de Lothlórien; as folhas longas de athelas, de aroma pungente, usadas para tratar o ferimento de Frodo quando ele é atingido pela lâmina de Morgul; as áreas cobertas de samambaias marrons, onde Frodo e Sam se ajeitam para dormir à sombra das montanhas de Mordor. A natureza parece habitada – e de maneira literal no caso dos ents, as árvores ambulantes criadas por Tolkien.

Em *As Duas Torres*, o ent Barbárvore conta aos hobbits Merry e Pippin sobre o desaparecimento das entesposas, uma história triste mencionada nas canções dos elfos e dos homens. Os ents – um nome que Tolkien pegou emprestado da palavra anglo-saxã para "gigantes" – se preocupavam com o pastoreio das árvores selvagens das florestas e dos bosques da Terra-média e foram ensinados pelos elfos a falar com elas. As entesposas, porém, tornaram-se cada vez mais interessadas nas árvores "secundárias" – como as cerejeiras e as macieiras selvagens – e começaram a domesticá-las em seus pomares e jardins. As entesposas – que até certo ponto

nos lembram das dríades (ninfas da floresta) prestativas da mitologia grega – ensinaram a arte da horticultura aos homens, e presumimos que também aos elfos.

A botânica da Terra-média, em grande parte baseada em espécies reais do norte da Europa, foi enriquecida com espécies mais ou menos inventadas, às vezes até sobrenaturais – muitas delas, como o mallorn e a athelas, trazidas de Aman ou Númenor. Tolkien também tomava cuidado para variar a flora dependendo da região, de forma que cada uma de suas florestas ou bosques, por exemplo, fossem diferentes das outras. Lothlórien e Fangorn são separadas por apenas algumas dezenas de quilômetros, mas seus biomas são completamente distintos: a primeira é espaçosa, clara e cheia de flores – a niphredil de folhas brancas e a elanor dourada em forma de estrela –, enquanto a segunda é escura, embolorada e densa – como o escritório do velho Tûk, de acordo com Pippin.

Só podemos tentar imaginar como essa riqueza e diversidade botânicas influenciaram a herança culinária dos elfos. Até certo ponto, deveria haver ingredientes básicos que eram cultivados independentemente do local ou da época – o milho para fazer o pão de viagem élfico; as frutas de pomar como maçãs e ameixas; as hortas de vegetais muito similares às que encontramos no Condado, com cenouras, repolhos, batatas, entre outros –, mas esses itens devem ter sido complementados com espécies e variedades mais locais que eram obtidos na natureza, como ervas, raízes, castanhas, cogumelos e frutas silvestres.

Bebidas

Os elfos bebem pelos mesmos motivos que os humanos o fazem: para saciar a sede, para se refrescar, para comemorar e às vezes até para se embriagar e esquecer os problemas. Há até indícios de que, em certas circunstâncias, uma bebida pode ter significado espiritual para eles, similar ao pão lembas.

Entre as bebidas não alcoólicas, miruvor seria a mais tipicamente élfica – uma espécie de cordial ou tônico que surge bem no início da evolução do *legendarium* de Tolkien. Miruvor é dourado e revigorante, e pode ser até descrito como mágico, embora os próprios elfos não gostem de usar esse termo. Para eles, tudo que existe na natureza se origina de Eru Ilúvatar, o Pai de Tudo.

Já entre as bebidas alcoólicas, o vinho é claramente a opção preferida dos elfos, embora todos os povos da Terra-média – hobbits, homens, anões e sem dúvida também os orcs – pareçam apreciar uma taça ou outra. Os elfos devem ter desenvolvido a viticultura durante a Primeira Era (talvez tenham aprendido com os Valar), e na Terceira Era o vinho já era produzido e apreciado por todos os cantos do continente, desde o Condado e Gondor até Rhovanion. Entretanto, poucos parecem ser tão entendidos no assunto quanto o rei dos elfos da Floresta Verde, cujas adegas são forradas de barris das melhores safras, e que tem até mesmo um assistente meio mordomo meio sommelier para tomar conta dos vinhos!

A seguir você encontrará opções de bebidas para todas as ocasiões, incluindo duas versões de miruvor, um gim caseiro e até uma sangria de vinho tinto que o próprio rei dos elfos aprovaria.

Cordial de flor de sabugueiro do Gildor

Logo após os três companheiros hobbits – Frodo, Pippin e Sam – deixarem para trás os altos elfos da Ponta do Bosque, eles descobrem que seus anfitriões haviam feito a gentileza de encher seus cantis com uma bebida deliciosa. Tolkien não identifica a bebida – provavelmente porque os hobbits não tinham como saber o que era –, mas há semelhanças fortes com o miruvor (página 147), a bebida revitalizante que aparece várias vezes no *legendarium* de Tolkien.

O autor descreve com alguns detalhes a aparência dessa bebida ("cor dourada pálida"), o aroma ("mel feito de muitas flores") e seus efeitos ("incrivelmente refrescante"). Ela até parece elevar o humor dos hobbits, fazendo com que riam e brinquem com a chuva, embora não os deixe embriagados. Talvez não esperássemos nada menos que isso de uma bebida élfica – o estimulante perfeito sem efeitos colaterais ou ressaca.

Podemos presumir que talvez o miruvor – cujo nome vem da bebida néctar dos Valar chamada *miruvórë* – seja a tentativa dos elfos exilados de recriar os elixires que beberam em Valinor e que preparam de diversas formas, com quaisquer ingredientes que estejam disponíveis. Logo, esta nossa versão do cordial de Gildor é feita com flores de sabugueiro, que provavelmente cresciam em abundância nos bosques do Condado.

As flores de cor creme do sabugueiro são ótimas para preparar um cordial. Apanhe-as em um dia seco e, antes de usá-las no preparo desta bebida, encha uma tigela grande com água fria e lave-as cuidadosamente, para remover vestígios de terra ou insetos. Você pode encontrar o ácido cítrico em farmácias, em alguns supermercados ou na internet.

Rende aprox. 1 litro

Preparo 10 minutos, além do tempo de descanso

20 cabeças de flor de sabugueiro
3 limões-sicilianos cortados em rodelas
25 g de ácido cítrico
1 kg de açúcar cristal ou refinado
1 litro de água fervente

1. Coloque as flores de sabugueiro, as rodelas de limão e o ácido cítrico em uma tigela grande resistente à temperatura. Adicione o açúcar à água fervente medida, mexendo bem até dissolver completamente.

2. Despeje a água na tigela com as flores. Cubra e deixe da noite para o dia. Coe em uma peneira forrada com um pano de malha fina e transfira o líquido para garrafas esterilizadas. Armazene-as em um local frio e beba dentro de 6 meses.

Licor de Imladris

Aqui está outra versão de miruvor, mas inspirada no licor de Imladris entregue por Elrond a Gandalf quando a Sociedade parte de Valfenda (chamada de Imladris na língua sindarin). Essa bebida é claramente mais preciosa e mais potente que a de Gildor, já que Elrond dá apenas uma garrafa, enquanto Gildor, no Condado, encheu os cantis de todos os três hobbits generosamente. Os hobbits, aparentemente, beberam o cordial bastante despreocupados, enquanto Gandalf só pega sua garrafa presenteada por Elrond em uma situação extrema, quando a Sociedade está sofrendo para sobreviver às nevascas no Monte Caradhras. Ele inclusive menciona aos companheiros que a bebida é "muito preciosa" e só permite que cada um beba um gole, porém isso acaba sendo o suficiente para recuperar as forças e a determinação do grupo.

Se quiser uma bebida refrescante, dilua este cordial com água na proporção de 1:3, coloque algumas rodelas de limão-siciliano para decorar, além de cubos de gelo e ramos de hortelã fresca ou melissa. Se for servir apenas para adultos, considere colocar um pouco de vodca ou gim.

Rende cerca de 20 taças
Pré-preparo + cozimento 20 minutos, além do tempo para esfriar

3 limões-sicilianos não encerados e cortados em rodelas bem finas
2 colheres (sopa) de mel
100 g de gengibre fresco descascado e cortado em fatias finas
625 g de açúcar cristal
900 ml de água
25 g de ácido tartárico

1. Coloque as rodelas de limão, o mel, o gengibre, o açúcar e a água medida em uma panela. Leve à fervura e cozinhe em fogo baixo por aproximadamente 20 minutos, mexendo de vez em quando até que o açúcar se dissolva completamente e os limões estejam quase translúcidos. Tire do fogo e junte o ácido tartárico. Deixe esfriar.

2. Tire algumas das rodelas de limão com uma colher vazada e reserve. Coe a bebida, armazene-a em recipientes esterilizados (garrafas de boca larga ou potes apropriados para armazenamento) e insira as rodelas de limão reservadas. Sele bem e guarde na geladeira por até 1 mês.

Chá gelado de elanor e lissuin

A maior parte da fauna e da flora que Tolkien nos diz ser abundante na Terra-média vem do mundo real. Conforme caminhamos pelos bosques e pelos campos com os hobbits no Condado, enquanto Tolkien descreve os carvalhos, as faias, os emaranhados de urtiga, as cicutas e os arbustos de amoras, pode ser que nos sintamos em casa. Ele era muito bom em descrever a natureza.

No caso das paisagens élficas, Tolkien às vezes introduzia espécies inventadas ou parcialmente inventadas. Um caso notável é em Lothlórien, onde encontramos os mallorn – árvores enormes, similares a faias, e que deixam cair suas folhas douradas de outono apenas na primavera, para abrir espaço a novas folhas. Também em Lothlórien encontramos a flor elanor, uma flor dourada e prateada em forma de estrela que Tolkien comparava com uma pimpinela de tamanho exagerado. Outra flor adorada pelos elfos era a lissuin, uma flor aromática que originalmente crescia em Tol Eressëa (página 45).

Para esta bebida refrescante, juntamos a elanor e a lissuin para criar um chá que tem uma semelhança suspeita com uma antiga receita britânica chamada *dandelion and burdock* (dente-de-leão e bardana). Relaxe durante a tarde bebericando esta infusão numa rede pendurada entre dois mallorn.

Este chá gelado e saudável, rico em antioxidantes, é uma excelente escolha para qualquer hora do dia. Se quiser beber algo para ajudar na digestão após o jantar, sirva-o com ramos de hortelã fresca ou, para dar um toque mais cítrico, com rodelas de limão-siciliano ou de laranja. Você também pode colocar um pouco de mel enquanto o chá ainda estiver um pouco quente para dar uma adoçada, se preferir.

Rende 850 ml

Pré-preparo + cozimento 15 minutos, além do tempo para infusão

1 colher (sopa) de raiz de dente-de-leão desidratada
1 colher (sopa) de raiz de bardana desidratada
850 ml de água
cubos de gelo

1. Coloque as raízes de dente-de-leão e de bardana com a água medida em uma panela em fogo médio e leve à fervura. Abaixe o fogo, tampe e cozinhe em fervura branda por 10 minutos. Tire do fogo e deixe esfriar.

2. Coe para dentro de uma jarra limpa. Sirva com cubos de gelo em copos altos. O chá pode ser guardado na geladeira por até 1 semana.

Infusão de urtiga da Fruta d'Ouro

Tolkien descreve as urtigas, assim como os cardos, as cicutas e a salsa selvagem, como plantas que crescem descontroladamente pela Clareira da Fogueira na Floresta Velha – local onde os hobbits do clã Brandebuque cortaram e queimaram centenas de árvores em um contra-ataque à floresta quando ela assolou a Sebe Alta, a cerca viva densa cultivada para proteger a Terra dos Buques. Frodo e seus companheiros deixaram o Condado para trás no início do outono, e o autor descreve uma cena um tanto sombria da clareira na qual essas ervas daninhas cresceram sem nenhum acompanhamento e agora estão produzindo sementes.

Não há dúvidas, porém, de que Tom Bombadil e sua esposa Fruta d'Ouro – os quais os hobbits estão prestes a conhecer e que aparentam ser exímios coletores, se avaliarmos pelo que comem – aproveitam bem as urtigas, que são boas para o preparo de sopas ou, como nesta receita, para uma relaxante infusão de sabor fresco.

Há muito debate sobre a origem real da Fruta d'Ouro, a "filha da Mulher do Rio". Será que ela é uma Maia (um espírito inferior a serviço dos Valar) ou algo totalmente diferente, como uma personificação da natureza abundante, como Tolkien parece sugerir? Seja qual for a origem dela, com suas vestimentas verde-prateadas e sua aparência floral, ela lembra as rainhas élficas muito comuns tanto em mitologias europeias quanto no *legendarium* de Tolkien.

Use luvas de borracha para colher as folhas de urtiga necessárias para esta infusão refrescante. Procure folhas mais velhas, pois terão sabor levemente mais adocicado (folhas mais velhas de urtiga costumam ser mais longas e ter menos formato de coração do que as mais jovens). Lave-as muito bem antes de usá-las.

Para 4 pessoas
Pré-preparo + cozimento 20 minutos

50 g de folhas de urtiga picadas grosseiramente
1 litro de água
1 colher (sopa) de açúcar ou mel e mais um pouco para ajustar a gosto (opcional)

1. Coloque as folhas de urtiga em uma panela grande com a água medida e o açúcar ou o mel. Deixe ferver e cozinhe em fervura branda por cerca de 15 minutos.

2. Coe e sirva em canecas, acrescentando mais açúcar ou mel a gosto, se preferir.

Infusão de camomila de Lórien

No *legendarium* de Tolkien, Lórien é um jardim amplo em Valinor, com abundância de salgueiros, flores, nascentes e lagos – lar do casal de Valar constituído por Irmo, o Mestre dos Sonhos, e Estë, a Curandeira. É uma mistura de Éden com Avalon em um só lugar, um paraíso na terra e também um local de descanso e cura, suspenso entre o despertar e o sono, entre a realidade e os sonhos. É para lá que os elfos de Valinor vão em busca de paz e sossego. Gandalf – que quando "jovem" era conhecido com Olórin, como aprendemos em *O Senhor dos Anéis* – viveu em Lórien por um tempo. Seu nome antigo tem uma relação bem apropriada com a palavra quenya para "sonho".

Podemos então imaginar Olórin/Gandalf preparando esta infusão relaxante de flores de camomila e entregando-a aos elfos que chegavam. Mesmo quando estivessem abatidos por problemas e tristezas, bastava beber esta infusão que a paz de espírito começaria a envolvê-los.

Você precisará de uma centrífuga para sucos no preparo desta receita nutritiva. A erva-doce contém, entre outras propriedades, vitaminas A, C, B6, ferro, cálcio e magnésio, e seu sabor aromático similar ao alcaçuz é complementado perfeitamente pelo chá de camomila. Se quiser um sabor mais suave, basta substituir metade da erva-doce por folhas de alface.

Rende aprox. 200 ml
Preparo 5 minutos

1 limão-siciliano e mais um pouco para decorar
150 g de bulbo de erva-doce
100 ml de chá de camomila gelado
cubos de gelo

1. Descasque o limão grosseiramente e misture com a erva-doce numa centrífuga. Misture esse suco com o chá gelado de camomila.

2. Despeje a bebida em um copo com gelo e decore com rodelas de limão.

Gim de abrunhos do Eöl

Sabemos que o abrunheiro (*sloe* ou *blackthorn,* em inglês) cresce no Condado – Bilbo inclusive compõe uma canção de caminhada mencionando suas frutas ácidas e negras (os abrunhos), que foi cantada por Frodo, Pippin e Sam enquanto viajavam pelas árvores da Ponta do Bosque. Certamente essas árvores cresciam em diversos lugares pela Terra-média, inclusive em Beleriand, então podemos imaginar que os elfos também apanhavam e aproveitavam essas frutas.

Decidimos dedicar este gim a Eöl, que governava Nan Elmoth, um reino florestal pequeno e desprovido de sol, algumas léguas ao leste de Doriath (página 46), reino de seu parente Thingol. Os elfos são seres complexos, raramente descritos como completamente bondosos, mas o temperamento de Eöl é muito mais sombrio que o de outros e costuma ser associado com a escuridão e as trevas. Seus olhos eram escuros (a maioria dos elfos possui olhos cinzentos ou azuis); ele tinha uma amizade inesperada com anões, um povo do subterrâneo; e, por ele ser um mestre ferreiro e exímio forjador de lâminas, foi o inventor de um metal rígido e negro conhecido como galvorn.

Esta é uma bebida que talvez Eöl bebericasse depois de uma noite longa trabalhando em sua forja, cultivando sua amargura e planejando lentamente sua vingança.

Este gim tem um sabor ácido, porém encorpado e frutado. É ideal para beber puro e aquecer durante o inverno, de preferência na frente de uma lareira. Para apreciá-lo numa noite de verão no jardim, misture-o com água gaseificada ou água tônica, ou então com um espumante para fazer um aperitivo especial.

Rende aprox. 750 ml
Preparo 15 minutos, além do tempo de armazenamento

500 g de abrunho
250 g de açúcar refinado
700 ml de gim

1. Enxágue e remova os talos dos abrunhos, depois seque-os com batidinhas de papel-toalha. Use um palito de coquetel para furar as frutas e coloque-as em um pote de vidro esterilizado grande o bastante para despejar todo o gim.

2. Coloque o açúcar e o gim no pote e certifique-se de que esteja hermeticamente fechado antes de dar uma boa sacudida. Lembre-se de sacudir bem o pote uma vez por dia durante a próxima semana. Depois disso, armazene-o em um local fresco e escuro por 2-3 meses.

3. Em uma peneira forrada com um pano de malha fina, coe a bebida para dentro de uma tigela e depois distribua em garrafas esterilizadas.

Um coquetel dos laiquendi

Entre todos os tipos de elfos criados por Tolkien, os laiquendi – elfos verdes – talvez sejam os mais próximos do conceito de elfo que encontramos no folclore inglês: espíritos misteriosos da floresta que se vestem de verde e são famosos por seu canto. Nos textos de Tolkien, os laiquendi são um grupo de elfos telerin que se assentam nos bosques de Ossiriand, a Terra dos Sete Rios, e que se mantêm geralmente isolados dos outros elfos de Beleriand. São mestres dos conhecimentos da floresta e usam arcos robustos de madeira para caçar e lutar, além de saberem usar centenas de ervas e flores que crescem em suas terras.

Talvez os laiquendi destilassem algo similar ao licor francês Chartreuse – preparado com "130 ervas, plantas e flores". Certamente adorariam sua cor intensa, verde como as folhas de um carvalho na luz do verão.

O Chartreuse, com sua coloração certamente vinda de todas as plantas usadas em seu preparo, tem um sabor adocicado, condimentado e herbáceo. Sua doçura é um contraste perfeito em relação ao gim e, misturado também com vermute nesta receita, torna-se um coquetel bem adulto.

Para 1 pessoa
Preparo 5 minutos

1 ½ dose de gim
1 dose de vermute doce
½ dose de Chartreuse Verde
1 *dash* (poucas gotas) de *bitter* de laranja
cubos de gelo para servir
cereja em calda para decorar

1. Coloque todos os ingredientes em uma coqueteleira ou em um copo tipo *mixing glass* e encha com cubos de gelo. Bata ou misture por 30 segundos e coe para dentro de uma taça para martíni previamente gelada. Decore com a cereja.

Sangria de vinho tinto do rei dos elfos

Em *O Hobbit*, a preferência do rei dos elfos e dos elfos da floresta por vinho tinto é um elemento importante do enredo – o vinho não só deixa os guardas reais sonolentos o bastante para que Bilbo furte as chaves da prisão e liberte seus companheiros, mas também os barris usados para transportar essa bebida (que vinha da Cidade do Lago pelo Rio da Floresta até chegar aos salões do rei dos elfos) tornam-se a rota de fuga para que Bilbo e os anões possam escapar do reino élfico.

Os vinhos tintos encorpados e fortes mais apreciados nas mesas do rei dos elfos vêm de Dorwinion, uma terra no litoral noroeste do Mar de Rhûn, muito ao leste da Floresta das Trevas. Para esta sangria – perfeita em um almoço ao ar livre em uma clareira na floresta –, recomendamos um vinho um pouco mais leve.

Comemore dias quentes de verão com esta sangria. É frutada, leve e deliciosa, rápida de preparar e perfeita para entreter grupos maiores. Você pode variar as frutas dependendo do que estiver na época, mas prefira aquelas que não desmanchem depois de um tempo na jarra.

Para 10 pessoas

Preparo 5 minutos, além do tempo para gelar

20-30 cubos de gelo
2 garrafas de 750 ml de vinho tinto espanhol mais leve, gelado
125 ml de conhaque (opcional)
450 ml de água com gás gelada
fatias de frutas, como maçã, pera, laranja, limão-siciliano, pêssego e morango
rodelas de laranja para decorar

1. Coloque os cubos de gelo em uma jarra grande para servir, depois despeje o vinho e o conhaque, se for usar. Dê uma boa mexida em tudo.

2. Adicione a água com gás e as frutas. Se estiver preparando com antecedência, só adicione a água com gás assim que for servir.

3. Na hora de servir, decore a lateral de cada copo com uma rodela de laranja antes de despejar a sangria.

Índice remissivo

CRÉDITOS DAS IMAGENS

Victor Ambrus: capa, 3, 7, 14, 21, 25, 42, 58, 79, 89, 96, 111, 114, 124, 128, 155; **Allan Curless**: 139; **Andrew Mockett:** capa; **Octopus Publishing Group:** Stephen Conroy 30, 33, 91, 127, 136, 156; Will Heap 37, 47, 133, 141; Lis Parsons 49, 63, 65, 98, 107, 153; William Reavell 57; Craig Roberts 95; William Shaw 17, 22, 27, 54, 75, 81, 87, 113; Ian Wallace 105, 117; **iStock** (usada ao longo do livro e na capa): Alhontess, Andrea_Hill, ant_art, bombuscreative, ilbusca, Jon Wightman, Kseniia Gorova, Nastasic, Neil Hubert, Neuevector, smartboy10.